별일 아닌데 뿌듯합니다

사지 않아도 얻고, 버리지 않고도 비우는
제로웨이스트 비건의 삶

별일 아닌데 뿌듯합니다

이은재 지음

클랩북스

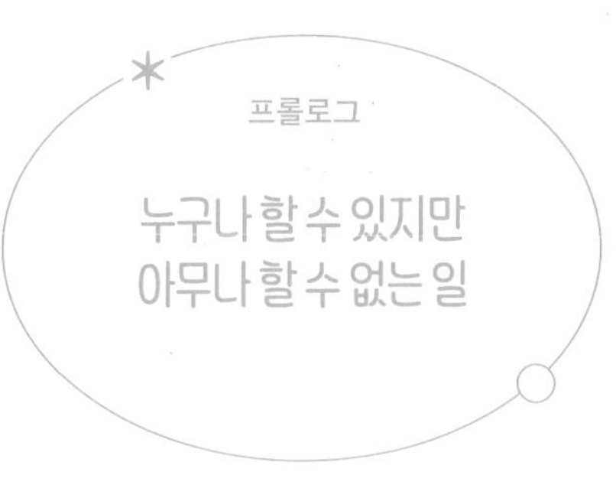

프롤로그

누구나 할 수 있지만 아무나 할 수 없는 일

영화 <500일의 썸머>는 이런 내레이션으로 시작한다.

This is a story of boy meets girl.
이것은 남자가 여자를 만나는 이야기다.

But you should know upfront,
하지만 당신이 미리 알아야만 할 것은,

this is not a love story.
이건 사랑 이야기가 아니라는 것이다.

흥미롭다. 당신이 지금 펼쳐 든 책과는 정확히 반대의 이야기를 하고 있으니 말이다.

이 책은 남자와 여자가 만나는 이야기가 아니다. 하지만 당신에게 미리 알려야 할 것 같다. 이쪽은 분명히 사랑 이야기라는 것을.

누구나 할 수 있지만 아무나 할 수 없는 일들이 있다. 들어보면 별일 아닐지도 모르겠다. 막상 해보면 어렵지도 않을 것이다. 돈이 많아야 한다거나 힘이 세야만 한다는 등의 자격도 필요치 않다. 오래 때를 기다리거나 애써 멀리 이동하지 않아도 되고, 나이가 많거나 적어도 각자 나름 할 수 있겠다.

그럼 이쯤에서 떠오를 의문. 대체 왜 '아무나 할 수 없는'이란 묘한 단서가 붙은 거지? 이유는 의외로 간단하다. 안 하면 편한데 하면 퍽 불편하고 귀찮은 일들이기 때문이다.

인간은 본능적으로 고통을 피하도록 뇌가 프로그래밍되어 있다. 그러므로 '불편함'이나 '귀찮음' 따위는 가령 미합중국 대통령이나 영화 속 슈퍼 히어로라고 해도 가능하면 피하고 싶어 할 테다. 하물며 평범한 우리야 말해 뭐해. "안 하면 편하다며?" 어깨를 한 번 으쓱하고 고개를 젓게 된다.

하지만 여기, 작은 반전이 있다. 인간이란 때론 불편함이나 귀찮음을 뛰어넘어 놀라운 잠재력을 발휘할 수 있는 존재라는 것. 만약 '이 단어'가 마음속에 있다면 말이다.

누구나 할 수 있지만 아무나 할 수 없는 일. 스핑크스의 짓궂은 수수께끼를 닮은 저 문장의 비밀을 활짝 열어 주는 한 단어는….

일찍이 송창식 아저씨가 절절히 목놓아 부르신 노랫말로 대신해본다.

싸랑이야아아…

싸랑이야아아아아아…

그렇다, 이 책은 내가 지구를 사랑하기 때문에 하는 작고 귀찮은('귀여운' 아니고 '귀찮은' 맞다.) 일들에 관한 이야기다. 누구나 할 수 있는 쉬운 일들이지만, 동시에 아무나 할 수 없는 어려운 일들일 수도 있겠다.

쓰레기 대란과 심각한 미세먼지가 나란히 뉴스를 장식하던 2017년, 뭔가 아주 단단히 잘못되어 가고 있다는 걸 알았다. 그래서 동참하기로 했다. 쓰레기를 줄이는 제로웨이스트 운동에.

'제로'라는 단어가 주는 어감이 자못 비장한 것에 비해 처음 임했던 내 모습이 어땠더라? 돌이켜 보면 그저 해맑았다. 지구를 사랑하니까 불편함이나 귀찮음은 좀 밀어내고 일단 몇 개라도 실천해 보자는 작고 단순한 마음이었다.

그게 여기까지 온 건 오로지 눈덩이 효과(Snowball effect) 덕분이다. 조그마한 눈덩이가 비탈길을 구르면서 저절로 불어나듯, 시간이 흐르자 내가 할 수 있는 일의 가짓수와 범위가 자연스럽게 늘어나더니 급기야 2021년 1월 1일 눈을 뜨며 불현듯 이런 결심을 하기에 이른다.

"올해부턴 고기를 먹지 않겠어."

비건 지향을 시작하자 그날부터는 또 다른 세계가 열렸다.

우당탕탕 굴러서 여기까지 오는 동안 별일 아닌데 쉽진 않았던 순간들, 다소 불편했지만 그 이상의 뿌듯함으로 보답받았던 순간들이 셀 수 없이 많았다. 매번 아름답고 단정하고 진지하진 않았음을 미리 고백한다. 엉뚱하거나 궁상맞았던 적이 훨씬 더 많았으니. 그럼에도 불구하고 꽤 힙하고 제법 쿨했던 그 순간들을 잘 모아서 스물두 편의 글 속에 담았다.

책을 쓰면서 이런 장면을 머릿속으로 그린 적 있다. 이 책이 자신과 꼭 어울리는 독자의 손에 들어가 차분한 금요일 밤을 함께하는 벗이 되어주는 장면. 책 속 어느 구절이 그를 큭큭 웃게 해주는 장면. 어느새 밤이 깊어 그가 책장을 덮고 잠을 청하려 눈을 감았을 때, 더 좋은 지구별 주민이 되고 싶은 의욕으로 마음이 조용히 부풀어 오르는 그런 장면.

이 상상이 현실이 된다면 더할 나위 없이 좋겠다.

차례

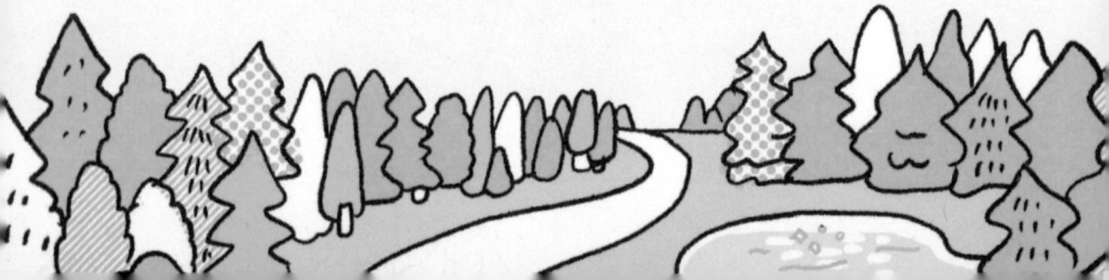

3장. 합니다, 지구를 적게 쓰는 생활

1장

합니다, 제로웨이스트

사지 않아도 얻고,
버리지 않고도 비우는 법

'골드버그 장치'에 대해 들어본 적 있는가? 골드버그 장치는 미국의 만화가 루브 골드버그가 그린 만화 속 기계 장치들인데 일상 속 아주 간단한 일을 어디까지 복잡하게 만들 수 있을지 보여준다.

가령 그가 고안한 '자동 등 긁기 기계'는 다음과 같은 연쇄 반응을 통해 작동한다.

> 램프에 불을 붙이면 그 위에 있던 커튼이 타면서 소방관이 불이 난 줄 알고 나타나 물을 뿌린다.→물을 맞은 노인이 비가 오는 줄 알고 벽에 걸린 우산을 잡아당긴다.→우산에 연결된 줄이 당겨지면서 그 줄 끝에 걸린

시소가 기울어지고 그 위에 있던 쇠공이 굴러간다.→그 공이 맞은편에 걸린 줄을 건드리면 그 끝에 걸린 망치가 움직이다가 유리창을 깬다.→유리창이 깨지면 그 소리에 요람 속 강아지가 놀라서 깬다.→강아지를 다시 재우기 위해 어미 개가 요람을 흔든다.→그 요람에 연결된 효자손이 움직이면서 앉아 있던 사람의 등을 긁게 된다.

실소가 터질 만큼 어이없는 과정의 연속이지만 어떤 사람들은 이 엉뚱한 만화적 상상력 속에서 오직 효율만 추구하는 세상에 대항하는 강력한 유머를 발견했다. 모두가 A부터 Z로 향하는 최단 거리를 찾기 위해 경쟁하는 세상 속에서 A부터 B, C, D, E, F를 차례로 밟아서 느리고 복잡하게 Z에 도착하는 길을 찾는 골드버그 장치의 여정은 효율성이 전혀 없다. 대신 관성을 깬 창의적 전개를 발견하는 재미를 선사한다.

이 아이디어에 매료된 수많은 과학자, 공학자, 일반인은 저마다의 골드버그 장치를 실제로 만들며 어떻게 하면 더 복잡하게 종을 울릴지, 어떻게 더 비효율적으로 골프공을 구멍에 넣을지 따위에 대해 골몰했다. 누가 쉬운 일을 더 복잡하게 할 수 있는지 겨루는 '골드버그 대회'까지 있다고 하니, 알 만하다.

° 골드버그 장치와 제로웨이스트

골드버그 장치에 대해 이렇게 길게 이야기한 이유는 내가 처한 상황과 공통점이 있기 때문이다. 제로웨이스트를 실천한다는 것은 일상 속에서 매일 골드버그 장치를 고안하는 것과 비슷하다.

살다 보면 어떤 것이 필요해 마련하거나 어떤 것을 없애버려야 하는 상황이 종종 생기기 마련이다. 과거의 나를 포함한 대부분 현대인이 어떤 것을 마련하거나 없애버리기까지의 최단 거리는 아래와 같다.

무언가가 필요해졌다.→ 그것을 산다.→ 그것을 갖게 됐다.

무언가가 더는 필요가 없다.→ 그것을 버린다.→ 그것이 없어졌다.

쉽고, 편리하다. 그뿐인가? 이 최단 거리 속 또 최단 거리를 개발하기 위해 △△배송이니 ◇◇배송이니 하는 신속

한 서비스가 경쟁적으로 소비자를 유혹한다.

그러나 제로웨이스터가 되면 그 최단 경로에 떡하니 커다란 벽이 생긴다. 현대 사회에서 뭔가를 쉽고 편리하게 사들인다는 건 불청객도 같이 찾아온다는 걸 의미하기 때문이다. 그것을 포장했던 것들, 택배 상자, 비닐 완충재 같은 불청객도 찾아왔다가 바로 쓰레기로 전락한다.

교육받은 문화 시민인 우리는 정해진 장소에 쓰레기를 종류별로 나누어 버리면서 그것들이 새 쓸모를 얻는 해피엔딩을 바라지만, 그것은 희망일 뿐이고 실제 재활용률은 40% 남짓이라고 한다.• 투명하지 않아서, 흰색이 아니라서, 여러 소재가 섞여서, 너무 크기가 작아서, 이물질이 묻어 있어서…. 갖가지 이유로 퇴짜를 맞은 쓰레기의 운명은 '매립'이나 '소각'이다. 필요하면 사고, 쓸모가 없어지면 버리는 효율적인 길의 어둡고 축축한 이면이다.

그럼 도대체 어떻게 사지 않고 얻고, 버리지 않고 비울 수 있을까? 늘 당연하게 다니던 길에 벽이 생기면서 제로웨이스터들은 골몰한다. 만약 해리포터라면 지팡이를 휘두르는 마법으로 간단히 문제를 해결할 수 있겠지만 아쉽게도

• '당신의 재활용 수고, 60%는 그대로 버려진다' 한국일보, 2020.12.22.

머글인 제로웨이스터들은 다른 방법을 찾아야 하기에 벽이 없었더라면 한 번도 사용하지 않았을 부분의 뇌까지 깨우고 머리를 빙빙 소리가 날 정도로 굴려 우회로를 탐색하기 시작한다. 골드버그 장치 뺨치는 창의력이 필요한 순간이다.

그러다 어느 순간, 의외로 다른 길들이 열리기 시작한다. 필요한 것이 생기면 중고 거래를 하거나 지인이 안 쓰는 걸 받아 올 수 있고, 빌려 쓸 방법을 찾거나 법정 스님의 '무소유' 정신을 되뇌면서 '이건 나에게 진짜 필요한 것이 아니다.'라며 마음 수련을 할 수도 있겠다. 반대로 더 이상 필요 없는 것이 생기면 중고 판매를 하거나 기부를 할 수도 있다.

하지만 단언컨대, 다양한 우회로 중 가장 재밌는 길은 바로 '만드는' 것이다.

> 무언가가 필요해졌다. → 그것을 만든다. → 그것을 갖게 됐다.
>
> 무언가가 더는 필요가 없다. → 그것을 이용해 다른 쓸모 있는 것을 만든다. → 그것이 없어졌다.

마트에 가면 단돈 990원에 온갖 용도의 두부를 팔고 있지만 모두 똑같은 무표정으로 정사각 플라스틱 트레이에 갇혀 있다. 쓰레기까지 사지 않고 두부라는 '알맹이'만 얻을 방법을 골몰하다 찾은 나의 우회로는 직접 만드는 것이었다.

식품이란 자고로 가공될수록 비싸고 포장이 단단해지고, 원재료로 갈수록 포장 없이 사기 쉽고 값도 싸진다. 몇 년 전 나는 직거래를 통해 '비닐 없이' 농부님으로부터 국산 메주콩을 살 수 있는 기회가 생겨서 두부 만들기에 도전해 봤다.

° 우리 안에는 무언가를 만들어낼 힘이 있다

하룻밤 불려 통통해진 노란 콩을 뜨거운 물에 삶은 후 식혀 믹서에 갈았다. 그것을 삼베로 거르자 위에는 비지가 남고 아래는 맑은 콩물이 고였다. 그것을 냄비에 넣어 끓이자 곧 고소하고 포근한 향기가 작은 부엌을 가득 채웠다. 바닥에 눌어붙지 않게 약한 불에서 계속 저으며 끓이다가 불을 껐다. 거기에 소금과 식초를 배합한 물을 넣고 조용히 기다렸더니 차츰 몽글몽글하게 뭉치며 순두부 상태가 됐다.

이걸 처음 한 숟갈 떠서 입에 넣었을 때의 느낌을 어떻게 말하면 좋을까? '닫혀 있던 콩이 완벽하게 마음을 열어,

나에게 100%의 따뜻한 환대를 건네는 것' 같았다. 여태 살면서 맛본 두부들이 전부 다 하찮게 느껴지는, 정말 멋진 맛이었다.

한 모의 두부를 얻기까지 꼬박 1박 2일이 걸렸던 대장정은 인간적으로 너무 복잡해서 그 다음부터는 용기를 들고 조금 먼 거리에 있는 두붓집에서 두부를 받아 오는, 좀 더 간결한 우회로로 타협했다. 하지만 몇 년이 지나도 그때 맛본 갓 만든 순두부의 한 차원 높은 맛은 강렬한 기억으로 남아 있다. 두부를 사 먹는 걸로만 알았다면 평생 몰랐을지도 모르는 맛의 비밀이었다. 불편하기 짝이 없는 골드버그 장치, 아니 제로웨이스트가 재밌어지는 순간이다.

인터넷에서 본 행잉 플랜트가 갖고 싶었던 적도 있다. 하얀 실로 엮은 마크라메로 작은 화분을 천장에 매달아 놓은 그것은 멋진 인테리어 사진마다 등장했다. 거기에 꽂혀서 이 상품 저 상품 구경하며 물욕을 무럭무럭 키워가던 무렵, 내게도 흰 털실이 있다는 사실이 갑자기 떠올랐다. 서랍을 열어 보니 그 깊숙이에 내가 중학생 때 바닐라, 초코, 딸기 삼색 아이스크림을 테마로 떴던 촌스러운 목도리가 화석처럼 웅크리고 있었다. 그걸 꺼내 한쪽 끝매듭을 끊고 줄줄 풀어냈다. 꼬불꼬불해진 흰 털실을 스팀다리미로 펴니 제법 쓸 만한 실뭉치로 되돌아왔다. 유튜브 강좌의 도움을 받아 마크라메를 엮기 시작했고 그 실 엮는 재미에 푹 빠져 밤을 새우다시피 하며 완성했다. 화분을 새로 사는 대신 사무실에서 누가 주스를 마시고 버린 공병을 가져와 깨끗이 씻고, 부모님 댁에서 키우는 관엽식물을 두어 가지 잘라와 꽂으니 정말 근사한 행잉 플랜트가 완성됐다. 필요 없던 물건 몇 개가 사라지는 동시에 필요한 물건 하나가 탄생하는 과정은 좀 귀찮고 불편했지만, 사실 대단히 재미있었다.

돈을 주고 사거나 쓰레기통에 버리는 것을 늘 최후의 수단으로 두면서 다른 방법을 골몰하다 보면 스스로도 깜짝 놀랄 정도의 창의적인 아이디어가 샘솟곤 한다. 할 줄 아는 건 삐뚤빼뚤 손바느질밖에 없는 나지만 애물단지였던 스카프를 과감하게 잘라 당시 유행하던 곱창 끈을 여러 개 만들었으며, 필요 없어진 베개 솜은 정사각형으로 재단해 쿠션 솜으로 만들었다. 길이가 짧아서 입을 수 없게 됐지만 정말 좋은 면 소재였던 원피스는 정사각형 여러 장으로 재단 후 밀랍을 입혀 다회용 랩으로 만들어서 주변에 선물하기도 했다. 그리고 그 원피스의 허리끈마저 살뜰하게 마스크 스트랩으로 만들었다.

◦ 업사이클링(Upcycling)

'개선하다'라는 의미의 '업그레이드(Upgrade)'와 '재활용'이란 의미의 '리사이클링(Recycling)'이 결합된 단어로, 쓸모가 없어져 버려지는 제품을 단순히 재활용하는 차원을 넘어 친환경적인 디자인이나 아이디어, 기술 등의 가치를 부가하여 새로운 제품으로 재탄생시키는 활동이나 그러한 제품.

언젠가는 집 앞에 너무 멀쩡한 커튼이 버려져 있는 것이 안타까워 동동거리다가 결국 업어 와서 가림막 커튼과 쿠션 커버로 재탄생시켰다. 십 년 가까이 닳도록 들었던 가죽 가방의 쓸 만한 부분만 잘라내어 자그마한 카드 지갑으로 만들기도 하고, 안 쓰는 샤워볼은 과감하게 풀어 비누를 넣어 걸 수 있는 망을 열 개도 넘게 만들어 주변에 나눠줬다.

얼마 전에는 제철 옥수수를 사다가 깨끗이 씻고 소금과 설탕을 넣은 물에 푹푹 쪘는데 옥수수를 건져내고 남은 물이 너무 감칠맛 나서 버리기 아깝더라. 버리지 않을 방법을 고민하다가 그 단짠 채수를 베이스 삼아 대파를 듬뿍 넣은 떡볶이를 만들었는데 고것 참 눈이 번쩍 뜨이게 맛있었다. 이렇게 마음만 확실히 있다면 좋은 아이디어는 반드시 찾아온다.

'빨리!', '편하게!'를 연신 외치는 바쁜 세상 속에서 골드버그 장치나 제로웨이스트 모두 시간과 고민을 요하는 비효율적인 길이다. 하지만 '효율성'만이 결과에 도달하는 정답은 아니라는 묵직한 메시지를 세상을 향해 날린다. '좀 더 골치 아파하며 네 창의성을 최대한 발휘해봐!'라고 눈을 유쾌하게 찡긋하며 말이다.

'베어 그릴스'라는 영국인 탐험가가 있다. 그는 극한 환경 속에서 인간이 어떤 기상천외한 방법을 쓰면서까지 살아남을 수 있는지 보여준다. 야생 동물은 물론 곤충, 애벌레를 잡아먹거나 동물의 배설물 속까지 뒤져 끼니를 해결하는 그를 보며 사람들이 '인간의 음식과 아닌 것'이라고 그어 놓은 선도 결국 정답은 아니구나 싶었다. 창의성을 극도로 발휘하며 '정답'이 정해져 있다는 걸 거부할 때 인간의 생존력도 극한까지 올라간다는 걸 그는 몸소 증명한다. 극지를 누비는 베어 그릴스와 감히 비교하자니 내 일상은 너무나 고요하지만 그래도 지루하지는 않다. 가로막힌 벽에 좌절하지 않고 쓰레기가 나오지 않는 기상천외한 우회로를 찾아내는 것을 즐기는 나 역시 뜨거운 피가 끓는 탐험가이니 말이다.

님아, 그 소프넛을 마시지 마오

"자기야, 냉장고에 들어 있는 거 사과주스 아니었어? 맛이 이상해…."

결혼식 몇 주 전에 있었던 일이다. 예비 신랑만 먼저 신혼집에 들어가 살고 있었는데 밤 10시에 이런 메시지가 도착했다. 자려고 침대에 누워 있던 나는 튕기듯 일어나 곧바로 통화 버튼을 눌렀다. 몇 번인가 신호음이 가다가 그가 전화를 받았다.

"그거 마셨어?"

떨리는 목소리로 물었다.

"어. 사과주스인 줄 알고 한 모금 마셨는데 맛이 이상했어."

심지어

"나 목이 아파…."

…미치겠다.

내가 낮에 냉장고에 넣어 두고 온 것은 사과주스가 아니었다. '소프넛'이라는 열매를 끓인 물이었다. 나름 잘 안 보이는 구석에 숨겨 놓고 왔다고 생각했는데 밤에 목이 말랐던 이 남자는 그걸 찾아내 마신 것이다.

급한 마음에 검색 창에 '소프넛 마셨을 때'라는 검색어를 넣고 빠르게 스크롤을 내리며 훑어봤지만 이런 상황에 어울리는 정보가 있을 리가. 나는 결국 신혼집 근처 응급실이 있는 병원 주소를 검색해 그에게 보내며 계속 아프면 꼭 가보라는 말밖에 할 수 없었다.

다행히 시간이 지나자 그의 통증은 잦아들었고 그 밤의 일은 엉뚱한 해프닝 정도로 끝났다. 하지만 몇 년이 지난 지금도 소프넛을 볼 때마다 그때의 당황했던 마음이 고스란히 떠오른다. 남편 탓을 할 수 없었던 게 소프넛을 끓인 물의 색깔은 정말 사과주스와 똑 닮았다. 연한 갈색을 띤 그 액체에 코를 갖다 대면 살짝 새콤한 향마저 피어오른다. 거기다 결정적 이유가 하나 더 있었다. 자원 재사용을 한답시고 주스 유리병 라벨을 떼고 씻어 소프넛물을 담아 놓은 것이다. 이쯤 되면 원흉은 나다. 입이 열 개라도 변명할 말이 없다.

◦ 뭘로 씻을까

4년 전 신혼집 입주를 준비하며 제일 오래 고민했던 품목이 소파도, 식탁도 아닌 '세제'였다고 말한다면 우스울까? 마트에 가면 다양하고 고운 빛깔의 세제들이 내가 집어 들어 주기만 기다리고 있어도, 그걸로는 만족할 수 없었다. 더 손에 순하게 닿고, 더 물에 잘 분해되고, 덜 쓰레기가 나올 것을 찾는 과정에서 조그맣게 개구리가 그려진 어느 해외 브랜드 세제나 순 비누 성분을 그대로 분쇄했다는 가루비누가 물망에 올랐다가 내려가곤 했다. 조선 시대 왕세자빈을 뽑던 삼간택(三揀擇)보다 더 치열한 제로웨이스트 경합 끝에 우리 집에 도착한 건 소프넛 한 자루였다.

'소프넛(Soapnut)'은 무환자나무에서 열리는 동그란 열매다. 실제로 보면 쪼글쪼글하게 마른 모습이 작은 대추 같기도 하다. 이 열매가 '소프(Soap, 비누)'라는 이름처럼 세정력을 가지고 있는 비결은 껍질에 함유된 사포닌이다. 물과 만나면 신기하게도 제법 거품이 일어난다. 한 번 쓰고 버리는 것도 아니다. 사포닌 성분이 다 빠져나갈 때까지 몇 번이고 재사용할 수 있다.

소프넛을 가장 간단하게 쓰는 방법은 통에 물과 열매를 담아 흔들어 거품을 내는 것인데, 만약 좀 더 농축된 세정력을 원한다면 소프넛을 물과 함께 끓이는 방법도 있다. 냄비에 물을 2리터 정도 붓고 소프넛을 10알 정도 넣고 끓이다가 거품이 끓어오르면 약한 불로 줄여 30분 정도 더 끓인다. 이때, 발산하는 열에너지를 아끼려 뚜껑을 덮고 끓이면 보글보글 거품이 넘쳐서 사방으로 흘러내리는 참사가 일어나므로 주의해야 한다.(물론 내 경험담이다.) 그럼에도 불구하고 에너지에 관해서라면 진심으로 궁상맞은 나는 여러 실험 끝에 에너지 낭비도, 소프넛물 범람 대참사도 막을 수 있는 절묘한 타협점을 찾았다.

자기 전에 냄비에 물과 소프넛을 넣고 뚜껑을 열고 끓인다. 물이 끓어오르면 불을 끄고 뚜껑을 덮는다. 그 열을 최대한 오래 가두어 놓기 위해 뚜껑 위엔 수건을 접어 올려놓는다. 그러고 잠들었다가 아침에 일어나서 보면, 완성된 진한 소프넛물이 고요히 나를 기다리고 있다. 이미 식어 있는 소프넛물을 바로 냉장고에 넣어 보관하면 끝. 적은 에너지로도 간단히 끝나고 계속 불 옆에서 지켜볼 필요도 없으니 정말 만족스럽다. 끓였던 소프넛 열매는 건져서 냉동 보관하거나 바짝 말린다. 이런 식으로 두세 번 더 쓸 수 있다. 작은 주의 사항이 있다면 동그란 열매를 으깨서 속에 있는 진까지 빼낼 필요는 없다는 것. 으깨면 재사용도 어렵고 어차피 세정 성분은 껍질에 있다.

소프넛이라는 재간둥이는 실로 다양한 장면에서 활약한다. 우선, 기름기가 많지 않은 설거지를 할 때 비누 대신 사

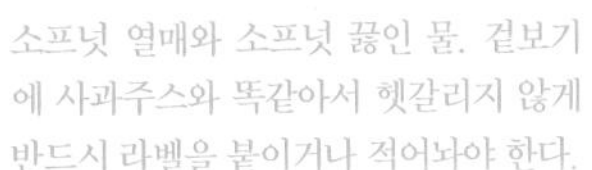

소프넛 열매와 소프넛 끓인 물. 겉보기에 사과주스와 똑같아서 헷갈리지 않게 반드시 라벨을 붙이거나 적어놔야 한다.

용할 수 있다. 단 시각적으로 시원하게 거품이 이는 것을 기대하진 말아야 한다. 작은 거품 방울이 '보글' 일었다가 곧 사그라들어서 영 미심쩍을 것이다. 하지만 설거지를 다 끝내고 보면 제법 뽀득뽀득한 것이 제 몫을 톡톡히 하니 믿어도 좋다.

오염이 많지 않은 빨래를 세탁할 때도 유용하다. 나는 수건끼리 모아서 한 번에 세탁기를 돌리는데 수건은 일반적인 방법처럼 섬유 유연제를 써서 헹굼을 하면 좋지 않다고 한다. 물 흡수를 방해한다나? 그래서 소프넛을 쓴다. 소프넛은 사과주스를 닮은 새콤한 향에서 알 수 있듯 약산성이라 따로 유연제를 쓰지 않아도 저절로 부드러워지는 '신묘한' 세정제다. 세제 넣는 자리에 소프넛물을 한 컵 부어 세탁기를 돌려도 되고, 더 간단히 하고 싶을 땐 조그마한 면 주머니에 소프넛 대여섯 알을 넣고 단단히 묶어 수건과 함께 던져 넣은 후 불림 코스로 세탁하기도 한다.

° 재간둥이 소프넛, 반하지 않을 수가 없어!

여기까지가 소프넛의 일반적인 활용인데, 호기심이 많아 주체를 못 하는 나는 추가 실험을 몇 가지 더 했다. 화장실에서 소프넛을 쓰면 어떨까? 면으로 만든 다회용 화장솜을 꺼내 소프넛물로 적셨다. 촉촉해진 그것으로 얼굴을 문지르니 베이지색 화장품 흔적이 묻어 나온다. 물론 마스카라나 눈화장에는 역부족이겠지만 선크림이나 간단한 기초화장을 지울 땐 소프넛물을 클렌징 워터 대신 사용할 수 있다.

그 다음에는 소프넛물로 머리 감기를 실험해 봤다. 2018년에 인터넷을 바짝 뒤지며 사전 조사를 했음에도 아무 정보를 발견할 수 없었던 걸 보면 내가 '최초'까진 아닐지라도 나름 '한국 소프넛으로 머리 감기 계'의 선구자 축에는 들지 않았을까 감히 자랑해본다.

소프넛으로 머리를 감을 때는 먼저 두피와 머리카락을 물로 촉촉하게 적시고 소프넛물을 조금씩 두피에 뿌리면서 손가락 지문 부분으로 문지르며 마사지한다. 거품은? 거의 나지 않는다. 하지만 설거지를 하며, 수건 빨래를 하며, 화장을 지우며 소프넛의 능력을 봤기에 믿음을 잃지 않고 두피를 씻어 나갔다. 그런데 아뿔싸! 소프넛물 한 방울이 또르르 굴러내려와 눈에 들어가 버렸다. 갈색의 순한 물처럼 생긴 녀석이었는데 눈에 들어가니 비누처럼 화끈하게 존재감을 과시한다. 너무 따가워서 나도 모르게 눈을 질끈 감았다. 감은 눈 틈으로 눈물까지 주르륵 흘러나온다.

'아, 남편이 소프넛물 한 모금을 마셨을 때, 이 액체가 점막을 타고 내려갔을 때 이렇게 아팠겠구나.' 화장실에서 홀로 눈물을 줄줄 흘리면서 마음속으로 남편에게 진심을 담아 사죄했다. 하지만 울면서도 손은 바지런히 머리 감기를 멈추지 않았고, 조금 뒤 '쏴아아-' 물을 틀어 두피와 머리카락을 헹궈낼 때 나는 깜짝 놀라고 말았다. 나오던 눈물마저 쏙 들어갈 만큼.

'뭐야, 너무 부드러워….'

이전에 약산성이라고 자랑하던 샴푸바들을 두어 개 써본 적 있다. 하지만 소위 그 '약산성' 샴푸바로 머리를 감아도 머리카락이 조금은 뻣뻣해지기에 린스바니, 트리트먼트바니 저마다 짝꿍이 있기 마련이었다. 하지만 소프넛은 달랐다. 자연에서 온 진짜배기 약산성으로 머리를 감자 린스나 트리트먼트 없이도 머리카락이 손가락 사이로 더할 나위 없이 부드럽게 흘러내렸다. 샤워를 끝내고 거울에 바짝 붙어 손가락으로 머리카락을 이리저리 헤치며 두피를 꼼꼼하게 살폈다. 기름기 없이 깨끗한 상태다. 재간둥이 소프넛, 이번에도 소리 없이 제 몫을 한 것이다.

이 재미난 머리 감기 방법은 아쉽게도 여름 한정이다. 방부제가 없어 냉장 보관이 필수인 소프넛물로 여름 외 계절에 머리를 감으면 너무 춥다. 봄, 가을, 겨울엔 소프넛 대신 든든한 비누로 머리를 감는다. 하지만 지구가 묵묵히 공전해 다시 푹푹 찌는 여름이 찾아오면 소프넛물을 꺼내 가장 차갑고 가장 순한 방식으로 머리를 감는다.

소프넛은 언제까지 재사용할 수 있을까? 힌트는 '후각'이다. 소프넛 열매에 코를 갖다대었을 때 콤콤한 그 특유의 냄새가 사라졌다면, 그때가 끝이다.

소프넛 열매는 일반 쓰레기로 버리면 된다. 하지만 그마저도 만족스럽지 않았던 나는 모종삽을 챙겨 밖으로 나갔다. 화단 구석에 작게 구멍을 파 맡은 소임을 훌륭히 다한 소프넛을 넣은 뒤, 다시 흙으로 덮었다. 동그마한 봉분까지 쌓진 않았지만 대신 모종삽으로 툭툭, 땅을 평평하게 고르며 그동안 수고한 소프넛에게 나만의 작별 인사를 보냈다.

비누로 단순하게 씻는 즐거움

나무에서 열린 소프넛이 제아무리 손오공처럼 재간둥이라도 가끔은 그 순진한 세정력이 아쉬울 때가 있다. 그럴 때는 어른의 성숙함을 갖춘 비누를 들어 올린다.

아름다운 사람은 머문 자리도 아름답습니다.

어느 날 손 안의 비누를 물끄러미 보다가 떠올랐다. 대한민국에서 가장 유명한 문장 중 하나가 왜 문득 생각난 걸까? 비누는 보통 한 손에 잡힐 작은 크기다. 입은 포장도 대개 간소하다. 그 한 겹을 벗겨내면 그때부터는 그저 묵묵하게 제 일을 하며 더러움을 가져가고 향기를 남긴다. 통통했던 몸이 긴 시간 끝에 야위어 가다가 결국 손톱만큼 작아져서 사라진다. 그런 비누의 마지막을 볼 땐 <중경삼림> 속 실연당한 양조위에 빙의해서 비누와 대화를 시도하… 지는 않지만, 이런 시 구절이라도 조용히 바치고 싶어진다.

가야 할 때가 언제인가를
분명히 알고 가는 이의
뒷모습은 얼마나 아름다운가?

_이형기 <낙화> 중에서

비누가 보급된 이후로 손을 자주 씻을 수 있게 되어 인류의 전염병이 크게 줄었다고 한다. 참 고마운 비누인데 요즘은 플라스틱 통에 담긴 액체 세제의 인기에 사정없이 밀려서 자리가 영 위태롭다. 주방에서는 주방세제, 손 씻을 땐 손 세정제, 머리 감을 땐 샴푸와 린스, 몸을 씻을 땐 바디워시, 얼굴을 씻을 땐, 하아… (좀 많아서 마음의 준비가 필요하다.) …클렌징 폼, 클렌징 오일, 클렌징 워터, 클렌징 크림, 클렌징 티슈, 심지어 눈화장 전용 클렌징 제품도 있다. 그리고 여성의 경우 외음부를 씻는 전용 클렌저까지 존재하며 꽤 잘 팔린다고 한다.

그래, 액체 세제라도 괜찮다. 잘 씻기면 되지 않은가? 펌핑은 무심코 두세 번 하는 게 참맛이라 비누보다 더 헤프게 쓰게 되지만, 그래도 괜찮다. 온갖 '전용' 세제를 사느라고 여러 번 돈이 나가지만, 그래도 괜찮다. 샴푸로 몸을 닦거나 바디워시로 머리를 감는 건 '성분상' 절대 안 될 일이니까. 각종 클렌징 제품으로 화장실 선반이 가득 차지만, 그래도 괜찮다. 화장실 문을 닫으면 안 보이니까. 어제는 이게 가장 좋다고 해서 샀더니 오늘은 더 좋은 신제품이 나왔다고 말을 바꿔도, 어쨌든 잘 씻긴다 하니 다 용서할 수 있다.

그런데 말이다. 액체 세제가 떠날 때의 모습만큼은 도저히 용서할 수가 없다. 가야 할 때인 걸 알았으면 아름답게 가줬으면 좋겠는데 그러지 못하고 구질구질한 흔적을 남긴다.

° 샴푸통을 뒤집어 재활용 표시를 찾아보지만

신경질적으로 펌핑을 해봐도 더는 시원하게 샴푸가 나오지 않을 때 우리 사이의 마지막이 왔음을 직감한다. 물을 조금 흘려 넣어서 통을 흔들자 통 안쪽 벽에 붙어 있던 샴푸가 비로소 녹아 나온다. 와, 근데 그 거품이 어마어마하다.

그 헹군 물로만 며칠은 더 머리를 감을 수 있을 정도다. 찝찝하게 며칠을 더 쓰다가 '이제 다 썼겠지.' 생각하고 마지막으로 한 번 물을 넣어서 통을 헹궈 본다. 그랬더니 맙소사, 아직도 비눗기가 가득하네! 지긋지긋해져서 통 안의 비눗기로 괜히 욕조 청소를 한 번 하고 드디어 통을 들고나온다. 그래도 아직 내부에 비눗기가 남았다는 건 함정.

일단 화장실 밖으로 데리고 나오긴 했는데 여전히 샴푸 통과의 말끔한 이별은 요원하다. 도대체 이 녀석을 어떻게 버려야 하는 건지 궁금해 통을 뒤집어 재활용 표시를 찾아보지만 'OTHER'라고만 쓰여 있다. 어쩌라는 걸까. 그러다가 에이 몰라, 어쨌든 플라스틱이니까 플라스틱으로 버리면 되겠지 하고 던져 버린다. 하지만 내 마음속 직관은 사실 알고 있었다. 샴푸 통은 플라스틱으로 재활용되지 못할 거라는 걸.

매일같이 산처럼 플라스틱 쓰레기가 쏟아져나오는 세상에서 투명 페트병만 골라서 재활용하기에도 버거운 현실이다. 심지어 이 녀석은 속에 거품이 남아 있고 게다가 색깔은 짙은 빨강, 짙은 보라, 초록, 하늘색까지? 관능적이기 그지없다.

여기에 더해 가장 결정적인 결격 사유가 있다. 펌핑이

된다는 건 그 안 보이는 내부에 금속 스프링이 숨겨져 있음을 의미하고 이처럼 여러 소재가 복잡하게 섞인 복합재질은 재활용 마크(OTHER)가 있어도 재활용되지 않는다.• 아니, 이론상 가능은 할지도. 비록 나는 무책임하게 버렸지만 다른 누군가가 사명감으로 그걸 골라내 공구를 들고 플라스틱과 금속으로 섬세하게 분리한 후 정성껏 목욕시켜 새 생명을 준다면야…. 하지만 그러기엔 플라스틱 쓰레기는 대한민국 봄 하늘을 점령한 미세먼지만큼이나 많다. 내가 버릴 샴푸 통은 재활용 우선순위로 치면 3,948,284,053,847번째쯤 되려나?

결국 너는 잘되어봤자 소각을 통해 약간의 열에너지, 그리고 검은 먼지로 승화할 팔자로구나, 어이쿠.

° 비누 하나로도 충분해

근본적인 변화가 필요하다. 먼저 부엌에 설거지 비누를 뒀다. 고무장갑의 오돌토돌한 부분으로 슬쩍 문지른 후 양손을 비비면 거품이 나는데 그걸로 그릇을 씻으면 된다. 전

• '재활용마크 있어도 재활용되지 않는 OTHER', 그린포스트코리아, 2021.01.17.

용 비누 거치대를 사는 것도 좋지만, 뭐든 사기 전에 안 살 방법부터 연구하는 제로웨이스트 정신에 의거하여 플라스틱 병뚜껑 하나를 비누에 박아서 세워 두거나 비누에 송곳으로 구멍을 뚫고 끈을 꿰어 어디 걸어 놔도 좋다.

나는 어떻게 하냐고? 예전에 미니 다육이를 키웠던 조그만 화분에 비누를 넣어 놓는다. 화분에는 바닥에 물빠짐 구멍이 있어 비누를 보관하기 좋다. 어떤 방법이든 비누가 무르지 않게만 신경 쓰면 된다.

다음은 화장실 핸드 워시와 바디 워시를 비우고 비누를 뒀고, 마지막으로는 클렌징 폼을 비우고 비누를 뒀다. 내가 정착한 비누는 '가치솝'이라는 브랜드의 온몸 비누인데 동남아의 숲을 파괴하는 팜유가 들어 있지 않고 전성분이 단순하고 정직해서 골랐다. 사용감도 만족스러워서 꾸준히 잘 쓰고 있다.

여기까지가 '난이도 하'였다면 이제 난이도를 좀 올려 보자. 누구나 한 번쯤 샴푸가 없을 때 비누로 머리 감아본 경험이 있을 것이다. 그럴 때 손가락에 뻣뻣한 머리칼이 엉겨드는 느낌은 정말 싫다. 그런데 '샴푸바'는 전혀 달랐다. 그걸로 머리를 감아도 머리칼이 별로 뻣뻣하지 않았다. 참으로 신묘한 일이다. 이거 비누 맞아? 답은 "…아니요."다.

애석하게도 샴푸바는 비누가 아니랍니다.

샴푸바에 반해 원데이 클래스에 가서 직접 만들어 본 적이 있다. 거기서 배운 놀라운 사실은, 샴푸바는 비누처럼 시간을 들여 숙성시키는 것이 아니라 샴푸 성분을 반죽하고 꾹꾹 눌러 굳혀 만든다는 것. '잘못 보관하면 습기를 먹어 부서질 수도 있다.'는 주의 사항이 따라오는 이유다. 고로 굳이 분류하자면 샴푸바는 성분상 비누라기보단 샴푸에 더 가깝다. 마트에서 파는 도브 비누로 머리를 감으면 뻣뻣하지 않다는 후기도 인터넷에 많이 올라오는데 그것 역시 정확한 이름은 비누가 아니고 '뷰티바'다. 클렌징 폼 성분을 물기 없이 고형으로 굳힌 것으로 생각하면 쉽다.

플라스틱 쓰레기를 줄이고 배송 과정에서 무게와 부피를 줄임으로써 탄소 배출도 줄인다는 측면에서 보면 샴푸바나 도브 뷰티바도 물론 좋은 선택이다. 그러나 나는 괜스레 비누에 더 마음이 갔다. 오랜 시간 숙성되어야 단단해지고 물에 녹았을 때 가장 순하게 분해되는, 인류의 곁을 제일 오랜 시간 지킨 바로 그 진짜 비누로 머리를 감고 싶었다.

아침부터 숨 막히게 더운 여름, 샤워기에 물을 틀자 서늘한 물부터 나와서 피부에 '오소소' 소름이 돋았다. 머리부터 온몸을 물에 적신 후 비누를 거품망에 문질러 거품을 낸다. 유기농 올리브 오일과 녹차 가루가 들어 있어서 짙은 초록색을 띠는 투박하고 단단한 비누다. 녹차 향이 옅게 날 듯 말 듯한 그 거품으로 차례로 얼굴을, 몸을, 마지막으로 머리를 감는다. 송송 땀이 났던 두피를 신경 써서 거품으로 마사지하고 물로 씻어 낸다. 샴푸바가 아닌 진짜 비누라는 걸 증명하듯 곧 머리카락이 뻣뻣해진다. 그래서 하나의 단계가 더 필요하다.

미리 냉장고에서 꺼내 온 나만의 특제 린스를 들어 올린다. 물 500mL에 구연산을 1Ts 넣고 희석하면 끝. 집에서 허브를 키울 땐 그 잎을 뜯어 넣기도 했는데 그러면 더 향긋해진다. 이 천연 린스는 시판 린스와 달리 보존제가 안 들어가서 냉장 보관해야 한다.

물이 반쯤 담긴 대야에 평범한 물처럼 보이는 이 액체를 한 숟갈 정도 쪼르르 넣고, 휘휘 섞은 뒤 고개를 숙여 그 물로 머리카락과 두피를 헹궈낸다. 약알칼리성과 약산성이 만나면 중화되는 단순한 원리다. 언제 거칠었냐는 듯 금세 보드라워지는 머리카락을 보며 매번 오묘한 과학의 힘을 실감한다.

그러다가 머리털 개털 되지 않냐고요? 비누와 함께한 지 몇 년이 지났는데도 다행히 내 머리카락은 매우 안녕하다.

오히려 샴푸를 쓰던 시절보다 더 반들반들하게 윤기가 흐른다. 얼마 전에는 미용실에서 난생처음 '머리카락이 굵다.'라는 칭찬도 받아서 한껏 의기양양해졌다. 향이 없다는 특성 때문에 나는 구연산 가루를 선호하는데 만약 구연산이 없다면 식초 몇 방울로 대신해도 효과는 같다. 세탁을 할 때 섬유 유연제 대신 이 천연 린스를 써도 좋다.

한때 여느 집처럼 이런저런 플라스틱 통들이 굴러다니던 우리 집 욕실에는 이제 내 비누와 남편의 비누 두 개만 고요하게 매달려 있을 뿐이다. 그래도 충분히 청결한 생활을 영위하고 있으니 이 작은 녀석이 얼마나 고마운지 모른다.

여기까지는 굉장히 미니멀한 삶을 살고 있는 척했지만 아무래도 고백해야겠다. 얼마 전에 초초초 대용량 비누를 구입해 버렸다. 좌고우면하지 말고 쭉 비누에 정착하려고 구입을 결심했는데 막상 실물을 보니 존재감이 어마어마하다. 농담이 아니고 진짜 어른 여자 팔뚝만 한 크기다. 필요한 만큼 칼로 썰어서(!) 사용하면 된다. 굳이 이렇게 큰 비누를 쟁인 이유는 역시 제로웨이스트. 이러면 작은 비누 여러 개를 살 때보다 포장 쓰레기를 줄일 수 있다. 미니멀리스트가 본다면 고개를 절레절레할지도 모르겠지만 나는 싱글벙글이다. 아주 오래오래 쓸 예정이니까.

비닐 봉지를 거절하자 예뻐진 사연

INTP의 특징을 설명한 나무위키 페이지의 마지막 스크롤을 내리며 '와우!' 작게 탄성이 나왔다. 누가 내 속마음을 훔쳐보고 쓴 게 아닐까 싶을 정도로 맞는 말 대잔치였다. MBTI 검사는 사람의 성격을 16개의 유형으로 분류하는데 각각의 유형은 4개의 알파벳으로 이루어진 것이 특징이다. 그 첫 번째 알파벳은 I(Introversion)와 E(Extroversion)다. 내향적, 외향적으로 나누는 것이 성격을 분류하는 첫 관문이라는 점이 흥미롭다.

'잠깐 집 앞 슈퍼마켓에 다녀오는 것도 다 외출이고 스케줄임, 한 번 나온 김에 모든 걸 처리하고자 함, 집에서 딱히 하는 것도 없는데 행복해함, 한 번 외출하고 돌아오면 오래 쉬어야 충전됨, 사람 만나는 거 귀찮아함….' 인터넷에 돌아다니는 내향적인 사람 특징을 정리한 글을 읽으며 연신 고개를 끄덕이고 만다. 나, 내향적인 사람 맞다.

아마 이토록 내향적인 사람들에게 최고로 어울리는 쇼핑 방법은 비대면의 끝판왕인 인터넷 쇼핑일 것이다. 누구의 얼굴을 보거나 대화할 필요 없이 스마트폰 액정 위에서 손가락만 몇 번 까딱이면 몇 시간 뒤 문밖에 물건이 도착하는 세상이다. 차선책으로는 도시마다 즐비한 대형 마트도 나쁘지 않다. 냉난방 쾌적한 신식 건물 속은 사람들로 가득하지만, 누구와도 눈을 마주칠 걱정이 없다. 서른 명당 한 명 정도로 마주치는 마트의 직원도 '프로답게' 시선을 저 멀리 둔 채 바삐 걸어갈 뿐이다. 유일하게 사람과 말을 섞어야 하는 계산대가 난관이었지만 그나마도 요즘은 셀프 계산대가 부담을 덜어 주기까지 하니, 내향적인 사람들에게는 참 좋겠다.

찐 내향인이자 결혼 4년 차인 내가 아직도 마켓컬리, 쿠팡의 아이디를 가지고 있지 않다는 것이 스스로 생각해도 신기하다. 아, 이마트몰로 주문해본 적도 없다. 첫 구매만 해주신다면 무료 배송은 물론이요, 뭘 100원으로, 뭘 1,000원으로 할인해 준다며 읍소하는 광고에 몇 번 흔들렸지만, 나는 단전으로부터 의지를 끌어모아 다 극복해냈다. 누군가 "이 편한 걸 왜 안 써?"라고 물어봐 준다면 나는 흐린 눈을 하고 먼 산을 응시하며 "그때 그 한 권의 책을 읽지 않았더라면…." 하고 슬프게 중얼거릴 것이다.

° 시작은 한 권의 책이었다

2017년 여름, 나는 합정동의 한 북카페에서 《나는 쓰레기 없이 산다》라는 책을 만났다. 독특한 제목에 끌려 책장을 펼쳤고, 이 책의 맨 마지막 페이지를 넘기고 난 뒤 나는 달라졌다. 여느 사람들처럼 평범한 궤적을 따라 걷던 내 삶이 그날 이후로 조금 비딱해진 것이다.

이 책의 작가 비 존슨은 미국 캘리포니아의 주부였는데 쓰레기 문제의 심각성을 깨닫고 쓰레기가 나오지 않는 생활 방식을 찾아보기로 한다. 두 아이와 남편까지 설득한 그녀는 1년 동안 가족과 함께 5Rs를 실천했다.

비 존슨이 실천한 5Rs

♠ Refuse, 거절하기 : 일회용품, 사은품, 쇼핑백, 비닐, 포장지

등 무료일지라도 필요 없는 모든 것은 받기 전에 단호히 거절한다. 우리에게는 '쓰레기를 받지 않을 권리'가 있다.

♠ Reduce, 줄이기 : 주변에서 낭비를 줄일 수 있는 모든 방법을 찾아 실천한다. 물, 전기, 돈, 샴푸와 세제, 식품, 일회용품까지 다양한 아이디어로 낭비를 줄일 수 있을 것이다.

♠ Reuse, 재사용하기 : 한 번 쓰고 버리는 것을 지양하고 하나의 물건을 계속 재사용할 수 있는 방법을 찾아 실천한다. 이미 많은 사람들이 실천하고 있는 일회용 컵 대신 텀블러, 일회용 포장재 대신 장바구니 등을 쓰는 것이 좋은 예다. 나아가 물티슈 대신 손수건, 랩 대신 밀랍 랩, 휴지 대신 와입스, 일회용 생리대 대신 면 생리대나 생리컵 쓰기, 이면지 알뜰하게 쓰기, 더 이상 쓰지 않는 물건으로 만드는 업사이클링까지 재사용 아이디어는 무궁무진하다.

♠ Recycle, 재활용하기 : 택배 박스에서 송장과 테이프를 떼고 납작하게 접어서 버리기, 종이팩과 멸균 팩은 잘 씻고 말려 주민센터에 가져가기, 투명 페트병은 라벨을 떼고 정해진 장소에 모으기 등 올바른 방법을 제대로 숙지하고 배출해야 한다. 그러나 재사용보다 에너지가 많이 드는 과정이고 선별 과정에서 여러 이유로 탈락한 60% 이상이 허무하게 매립, 또는 소각되는 현실이다.

♠ Rot, 썩히기 : 비 존슨 작가는 마당이 있는 집에 살고 있어서 음식물 쓰레기가 발생하면 땅을 파고 묻어서 퇴비화를 실천했다. 집에 텃밭이 없어서 곤란하다면 플라스틱 대신 썩을 수 있는 소재, 나무, 흙, 종이로 된 물건을 선택하는 것도 좋겠다. 단, 요즘 유행하는 소위 '생분해 플라스틱'은 특정 온도 조건에서 일정 기간이 지나야 썩을 수 있는데 이것저것 다 뒤섞인 쓰레기 더미에서 그 조건을 충족시키는 것은 현실적으로 불가능하므로 맹신하면 안 된다.

5Rs를 실천한 결과, 작가와 그의 가족은 1년 동안 고작 작은 유리병 하나에 꽉 차는 쓰레기만 만들었다. 그 병 사진을 뚫어져라 보며 나는 충격에 빠졌다. 나는 사실 이십 대 초반부터 환경 보호에 꽤 관심이 있었던지라 빨대와 종이컵 거절은 물론이고 장바구니나 머그컵 같은 것도 이미 사용하고 있었다. 하지만 장바구니 안에 든 플라스틱과 비닐 포장재는 애써 외면하고 있었다. 그래도 그 정도가 내가 할 수 있는 최선이라 생각하며 만족하던 나에게 유리병 속 쓰레기 사진은 내가 하던 노력의 100배 정도가 더 가능하며 쓰레기를 '줄이는 것'을 넘어 '거의 제로에 가깝게' 없앨 수 있다는 걸 보여줬다. 죽비로 어깨를 한 대 얻어맞은 듯 얼얼한 느낌이었다. 그렇게 낯선 길로 한 발짝 한 발짝 내디디며 나

REFUSE
ROT
REDUCE

RECYCLE
REUSE

의 제로웨이스트 도전이 시작됐다.

° 제로웨이스터의 탄생

결혼을 하고, 신혼집에 입주하고도 여전히 내향적이던 내가 처음 집 근처 재래시장을 방문했던 날을 기억하고 있다. 장바구니는 물론이고 속 비닐 대용으로 쓸 천 주머니 몇 개까지 야무지게 챙겨서 출발했다. 내가 사고 싶은 건 과일이었는데 세상에나, 시장 안에 그렇게 과일 가게가 많은 줄 몰랐다. 시장을 빙글빙글 돌면서 열 몇 군데의 과일 가게를 봤는데 안타깝게도 이미 번쩍거리는 비닐 포장이 되어 있는 곳이 많았다. 그래도 다행히 과일들이 포장 없이 무심하게 쌓여 있는 가게 한 곳을 발견했다. 나이 지긋한 아저씨 사장님이 그 앞에 앉아 계셨는데 어떻게 첫 마디를 시작해야 할지 몰라서 괜스레 시장을 한 바퀴 더 돌고 와서야 입을 뗄 용기가 생겼다.

내가 주춤주춤 과일 쪽으로 다가가자 사장님이 바로 일어서 반기신다. 인터넷과 대형마트에서는 이런 상호작용 없이도 과일을 살 수 있었지만, 재래시장에서는 어림없지. 이미 사장님이 일어서신 이상 어쭙잖게 내뺄 수가 없었다. 떨렸지만 침착하게 과일 몇 가지를 골라서 말씀드렸다. 그리고 빛의 속도로 '까만 봉다리'를 뜯는 사장님을 빛보다 더 빠른 속도로 제압하며 준비한 천 주머니를 내밀었다. 미리 이 중요한 장면을 머릿속으로 여러 번 연습해 본 덕이렷다.

"주머니가 더러워질 수도 있어요."

영 미덥지 않은지 사장님이 한 번 더 '까만 봉다리'를 권했지만 그렇게 살 거면 모처럼 재래시장에 온 이유가 없어진다. 연신 괜찮다고 말씀드리며 마침내 비닐 없이 과일 사기, 그 역사적인 첫 성공을 해냈다. 준비해온 지폐를 내미는데 손끝에 느껴지는 종이 질감이 참 낯설었다. 어디든 카드를 먼저 내밀던 나였는데…. 물론 재래시장에서도 카드 사용이 불가능한 건 아니었지만 첫 도전이니만큼 영수증 쓰레기조차 받고 싶지 않았다. 카드 결제 후 나오는 매끈한 종이 영수증은 종이처럼 보여도 화학 처리가 됐기 때문에 재활용이 아닌 일반 쓰레기로 버려야 한다.• 우리나라에서만 한 해에 종이 영수증이 146억 건이나 발행되며 그 길이는 지구를 여섯 바퀴 감을 수 있을 정도라니, 작은 영수증이라도 가볍게 받고 버릴 수 없다.

• '영수증 종이는 왜 재활용이 안 되는 종이일까?', 노컷뉴스, 2021.01.06.

그날을 기점으로 과일뿐 아니라 호박, 깐마늘, 양파, 감자, 가지, 느타리버섯, 잡곡, 두부 등 거의 모든 식재료를 재래시장에서 포장 없이 샀다. 여러 종류를 사야 하는 날에는 미리 계획을 세워서 주머니 여러 개를 챙겼고 두부같이 물기가 있는 식재료를 구입할 땐 미리 밀폐용기를 챙기는 수완도 생겼다. 도저히 비닐 없이 구입할 수 없는 가공식품은 구입 빈도를 많이 줄이거나 식자재 마트에 가서 식당용 벌크로 구입했다. 요즘 그토록 유행한다는 밀키트는 체험해보기도 전에 그 오밀조밀할 과대 포장부터 눈에 선해 그저 먼 세상 이야기가 되어 버렸다. 처음에는 정상 궤도에서 각도를 아주 조금만 튼 줄 알았는데 5년을 걷고 보니 나는 꽤 특이한 사람이 되어 낯선 길 위에 서 있었다.

° 비닐은 받지 않겠다고 했을 뿐인데

내가 퇴근하고 집으로 가는 길목에는 늘 할머니 한 분이 작은 채소 좌판을 펼쳐 놓고 손님을 기다리고 계신다. 그런데 나는 매번 그 싱싱한 채소에 눈길이 가면서도 그저 아쉽게 지나치곤 했다. 말쑥한 비닐 포장 때문이었다. 그런데 어느 날, 제철을 맞은 홍감자가 포장 없이 소담스레 쌓여 있는 걸 발견했다.

"할머니, 감자 얼마예요?"

"한 바구니에 2,500원."

채소 파는 할머니들은 늘 당연하게 말을 놓으신다. 근데 그게 별로 싫지 않은 건 왜일까?

"한 바구니 주세요. 여기 주머니에 넣어 갈게요."

말을 하는 동시에 재빠르게 손을 움직여서 천 주머니를 내미는 것이 포인트. 이번에도 주머니에 흙이 묻을 거라는 염려를 당연히 들었지만 괜찮다고 배시시 웃어 보였다. 할머니가 감자를 담으실 때 옆을 둘러보니 당근과 애호박도 보인다. 좋다, 오늘 저녁은 감자, 당근, 애호박을 넣은 볶음밥으로 가자!

"당근이랑 호박도 주머니에 담아 주세요."

그렇게 말하는 동시에 두 개의 주머니를 더 꺼내서 서둘러 내밀었다. 들고 다녀야 할 것도 참 많다. 그런데 문제가 있었다. 애호박은 이미 비닐로 포장되어 있다는 것. 그래도 방법은 있다.

"할머니, 이 호박 비닐 포장 벗겨서 주머니에 담아 갈게요. 비닐 봉투는 재사용해 주세요."

그런데 이번만큼은 할머니가 단호히 고개를 저으신다.

애호박은 물러서 상처가 나면 좋지 않다고 그냥 비닐째로 들고 가란다. 하지만 나도 쉽게 물러서지 않았다. 여기서 집까지 5분 거리밖에 안 되니 조심히 들고 갈게요, 하며 호호 웃는 얼굴로 계속 주머니를 내밀자 결국 할머니도 알겠다 하시며 비닐 속에서 애호박을 꺼내셨다.

현금을 꺼내 계산을 하고 돌아서는데 할머니가 나를 잠깐 불러 세우신다. 주섬주섬 못난이 당근 두어 개를 챙겨 내 주머니에 푹 넣어주시며 하는 말씀.

"예뻐서, 예뻐서 주는 거야."

'예뻐서'라는 말을 한 번도 아니고 두 번이나 하셨다. 감사합니다, 인사하며 돌아서는 내 머릿속에 물음표가 열 개쯤 떠올랐다. 내 얼굴이 예쁜 걸까, 아니면 비닐을 거절한 게 예쁜 걸까? 양쪽 다 가능성이 큰(?), 정말 어려운 문제였다.

그로부터 얼마 뒤 의문의 답을 찾을 수 있는 일이 있었다. 녹아버릴 것 같은 날씨가 이어지던 어느 여름날, 도저히 해가 떠 있는 동안에는 장을 보러 갈 수가 없었다. 행복하게 집순이 생활을 하다가 하늘이 어둑해질 때쯤 비로소 장바구니와 천 주머니들을 챙겨 집을 나섰다. 시간이 늦어서 시장은 아마 파장 분위기일 것이다. 이런 날엔 모처럼 아파트 상가 지하에 있는 마트에 간다. 널찍한 채소 코너의 상품 대부분은 역시나 반짝이는 비닐 포장 속에 담겨 있지만 그래도 제철 채소 몇 가지는 꼭 무심하게 쌓여 있다. 그날은 가지와 오이가 그랬다. '가지 5개=1,000원' 제철을 맞아 싱싱하고 저렴한 가지가 산더미처럼 쌓여 있다. 머릿속에 '가지튀김'이 떠오른다. '오늘은 가지로 가자.' 하며 준비한 면 주머니에 가지 다섯 개를 담고, 빨간 파프리카 하나는 손에 달랑 가볍게 들고 계산대로 갔다. 이런 내가 특이한 손님인 걸 잘 알기에 시선을 애매하게 바닥으로 던지며 채소를 계산대에 올려놓는데, 계산대 직원 분의 작은 목소리가 들렸다.

"예뻐요."

잘못 들은 줄 알았는데 다시 한번 또렷하게 들렸다.

"예뻐요. 다 고객님 같으면 좋겠는데 그렇게들 비닐을 많이 쓰네요."

그제야 고개를 드니 계산원 아주머니가 날 보며 웃고 계신다. 생경했다. 직원과 손님 사이에는 보통 기계적인 과정이 있을 뿐, 인간 대 인간의 상호작용이 잘 오가지 않는 걸 알기에. 게다가 그 '예쁘다'라는 말이 나를 향한 거라는 걸 깨닫자 얼굴이 살짝 달아올랐다. 급 쑥스러워진 나는 감사하다는 말과 함께 두어 번 고개를 꾸벅이다가 다시 쑥스러워져 바닥을 보며 걸어 나왔다. 하지만 다문 입술 사이로 히죽히죽 웃음이 새어 나온다.

'착해요'도 아니고, '멋져요' 도 아니고 '예뻐요'라니. 예뻐지고 싶은 욕망에 한때 이런저런 성형 수술을 검색하거나 쫄쫄 굶으며 다이어트를 했던 기억도 있다. 그런데 성형도 아니고 다이어트도 아니고, 단지 비닐 봉지를 거절했을 뿐인데 어찌 예뻐질 수가 있단 말인가! 이렇게 효율적인 방법이 있다니 놀랍다.

다시 한번 강조하지만, 이것은 실화. 예뻐지는 비결을 나 혼자만 알고 있을까 했지만, 생각을 고쳤다. 널리 인간을 이롭게 하라는 우리 단군 할아버지의 말씀에 따라 이렇게 글로 써서 알린다.

○

어느 제로웨이스트숍 이야기

2019년 여름, 미국 뉴욕을 짧게 여행했다. 맨해튼에 도착하자마자 길거리에 쓰러져 있는 빈사의 노숙자를 보고 깜짝 놀란 가슴 쓸어내리고, 센트럴 파크에서 존 레넌의 흔적을 찾아 추모하고, 길을 걷다 우연히 미드 <가십걸> 속 척 배스의 호텔을 발견하는 등 기억에 남는 추억이 여럿 있었지만 그중 가장 특별한 일은 여행이 끝나기 하루 전에 있었다. 하늘이 유난히 파랗고 화창했던 토요일, 나는 브루클린으로 향했다. 주말의 윌리엄스버그를 느긋하게 횡단하는 버스에 몸을 싣고 창밖을 보니 거리엔 온통 '힙함'이 흐르고 있었다. 그리고 그 길의 끝에 바로 오늘의 목적지가 있었다.

내가 찾아간 곳은 '패키지 프리 숍(Package free shop)'

이란 이름의 가게였다. 입구로 들어서자 아래층으로 이어지는 계단이 있었고, 계단을 내려가자 그리 넓진 않지만 천장이 높은 매장이 있었다. 가게의 상징인 상큼한 핑크색 네온사인 기호가 인상적이었다. 이 가게의 창업자인 로렌 싱어(Lauren Singer)는 TED에서 제로웨이스트를 주제로 강연하며 제로웨이스트란 '어떤 쓰레기도 만들지 않는 것, 쓰레기 매립지에 묻히거나 쓰레기통에 들어갈 쓰레기를 만들지 않고 길에 껌도 뱉지 않는 생활 방식'이라고 정의했다. 그렇게 말하는 그의 손에는 작은 유리병이 들려 있었는데, 그 속에는 놀랍게도 로렌이 지난 3년간 만든 쓰레기의 전부가 들어 있었다. 그런 창업자의 철학을 고스란히 반영한 이 가게 역시 지속 가능한 삶을 돕는 물건들로 가득했다.

여러 소재의 다회용 빨대, 플라스틱 없이 스테인리스로만 만든 반찬통, 아이보리색 면 실로 성기게 짠 장바구니, 대나무 칫솔, 다양한 비누, 유리병에 담긴 치실 같은 평화롭고 아름다운 물건들을 구경하는 내내 마음이 포근했다. 여기까지 먼 길을 일부러 왔으니 무엇을 구입하면 좋을지 고민이 됐다. 패키지 프리 숍에 꽤 오래 머물며 하나하나 신중히 살펴보고 매장을 나오는 길에 내 손에는 무엇이 들려 있었을까?

'낫띵(Nothing)!'

그렇다. 거기까지 갔는데 아무것도 사지 않은 것이다.

뉴욕의 내로라하는 힙스터들이 즐겨 이용하는 그 가게는 정말 멋졌지만, 그 속의 물건들은 내가 한국에서 이미 샀거나 충분히 살 수 있는 물건들이었다. 한국에도 뉴욕 빰치게 멋있는 제로웨이스트숍들이 있다. 현재 서울과 수도권에 수많은 제로웨이스트숍이 운영 중이고 지방에도 속속 생기는 추세다. 그러나 불과 4년 전에는 그렇지 않았다.

《나는 쓰레기 없이 산다》를 읽고 제로웨이스트라는 개념에 눈을 뜨고 난 후, 관련 지식에 목말랐던 나는 도서관에서 책을 여러 권 빌려 읽었다. 당시 우리나라에는 제로웨이스트라는 개념이 생소했기에 외국 작가들이 쓴 책을 봐야만 했다. 그런데 그중 한 권, 반갑게도 한국의 작가님이 쓴 책이 눈에 띄었다. 바로 그 책이 내 삶을 조용히 뒤집어 놓은 《망원동 에코 하우스》다. 자칭 '꼴통 환경주의자'이자 '환경 독재자' 고금숙 작가님이 망원동에 있는 작은 집을 어쩌다가 '사게' 되면서 이야기가 시작한다. 책에는 그가 도시에서 생태적으로 살아남기 위해 해야 했던 처절하고도 유쾌한 투쟁의 기록이 오롯이 담겨 있다.

문제는 그 책이 심하게 재미있었다는 것이다. 문장 하나하나가 어찌나 찰지게 웃긴지, 읽으면서 문자 그대로 '배를 잡고 포복절도하며' 넘어가곤 했다. 가령, 이런 식이다.

> 나도 가전으로 문명의 이기를 누리며 산다. 단, 사용하지 않을 때는 대기 전력 차단 장치보다 더 무섭게 플러그를 뽑고 북한의 오호담당제보다 더 삼엄하게 서로를 감시한다. 혹시라도 간밤에 끄지 않은 셋톱박스나 공유기가 적발될 시 거실에서는 중국 문화혁명기의 자아비판 같은 무서운 풍경이 연출된다.
>
> (중략)
>
> 유기농과 공정 무역과 지역 농산물은 세련된 자태로 플라스틱 비닐에 겹겹이 포장되어 팔린다. 게다가 환장하게도 몸은 이미 설탕과 커피와 고기를 갈구하는 체질로 키워졌고 말이다. 장바구니를 들고 망원시장 한복판에서서 루시드 폴의 읊조리는 듯한 노래 가사를 떠올렸다. "살아가는 게 나를 죄인으로 만드네."
>
> _《망원동 에코 하우스》 중에서

그저 '미친 필력'이라고밖에 부를 수 없다. 이렇게 능청스럽게 사람을 웃기다가도 매일 비대한 쓰레기와 낭비를 쏟아내는 도시의 시스템에 저항하는 대목은 돌연 서릿발처럼 매서웠다. 그뿐인가? 고착된 시스템을 깨기 위해 연대하고 대안의 길을 더듬어 놓아 가는 과정은 탄성이 나올 만큼 용감했다.

책 속의 모든 문장에 속절없이 매혹당한 나는 작가님을 열렬히 사모하게 되었다. 나 역시 달콤한 편리를 위협하는 제로웨이스트를 시작하기까지 수없는 번민에 시달렸었다. 과연 도시에서 택배를, 마트를, 최저가를 포기하며 제로웨이스트를 할 수 있을까 자신이 없어 '레스(less)웨이스트' 정도의 타협으로 면죄부를 기대해 본 '죄 많던 어린양'은 이 복음을 접하고 아름답고 무서운 환경 독재자가 이끄는 대로 순순히 '제로웨이스트교(敎)'에 입문하여 신도가 되었다. 그럼 충성스러운 신도의 도리는 무엇인가? 당연히 성지순례다.

° 카페 M을 추억하며

당시 내가 인터넷에서 찾을 수 있었던 서울의 제로웨이

스트숍은 세 군데 정도였다. 뚝섬에 있는 '더 피커', 상도동에 있는 '지구샵', 그리고 망원동에 있는 '카페 M'이었다. 그중 카페 M은 망원시장 골목 안쪽에 있던 카페로, 상인회가 운영하는 조용하고 작은 공간이었다. 여기에 고금숙 작가님과 활동가 분들이 상인회와 협상해서 카페 한 켠에 작게 몇 가지를 리필할 수 있는 매대를 만든 것이다.

이미 독일이나 영국에는 곡식, 시리얼, 샴푸, 심지어 우유나 화장품도 리필할 수 있다는 환상적인 가게가 있던 시절이었지만 당시 카페 M의 매대는 단출하기 그지없었다. 세스퀴소다(베이킹소다에 세정력을 더한 것), 구연산, 소프넛, 그리고 종이테이프나 스테인리스 집게 등 물건 몇 가지가 전부였다. 그래도 서울 하늘 아래 이런 실험적인 가게가 있다는 사실만으로 내 가슴은 설렜다. 게다가 망원시장은 내가 사모하는 작가님께서 루시드 폴의 노래 가사를 읊조리며 괴로워하셨다는 성지(聖地)가 아니더냐! 내용물을 다 먹었다고 버리기에는 심하게 튼튼해 보여서 씻고 말려 둔 포장용 지퍼백들이 집에 있었다. 그런 것 몇 개를 주섬주섬 준비물로 챙긴 나는 엄숙히 순례길에 올랐다.

버스를 몇 번 갈아타고 도착한 망원시장은 모든 물건에 비닐 포장이 없고 모두가 장바구니를 들고 다니는 젖과 꿀이 흐르는 곳이었…다는 기적은 없었지만, 규모가 크고 사람이 많은 활기찬 시장이었다. 시장길을 따라 걸으며 책 속에서 작가님이 비닐 포장을 고집하는 사장님에 맞섰던 곳이 어딜지, 마침내 제로웨이스트의 취지에 공감하고 마음을 열어줬다는 가게는 어디일지 상상해 보는 재미가 있었다. 그리고 거기, 자세히 보지 않으면 스쳐 지나갈 만큼 작은 가게 '카페 M'이 있었다.

문을 열고 들어서자 커피향기가 피어오르는 지극히 평범한 카페가 보였다. 잘못 온 게 아닌가 싶어서 불안하게 두리번거리기를 잠시, 내 입가에 빙그레 미소가 걸렸다. '드디어 만났구나!'

가게 한쪽에서 얌전히 더부살이하고 있던 작은 매대로 반갑게 다가갔다. 그러고 보니 여기는 담당 직원이 따로 없어서 손님이 직접 무게를 재야 한다던데 과연 납작한 저울 하나가 구석에서 조용히 웅크리고 있었다.

이런 모양의 저울을 만져 보는 것은 처음이라 덜컥 긴장부터 됐지만 그래도 차근차근 해보기로 했다. 가져온 지퍼백을 그 위에 올리고 설명서에 따라 영점 버튼을 눌렀다. 그다음에는 세스퀴소다 통을 열어 지퍼백에 몇 국자 담았다. 그걸 다시 저울에 올려서 무게를 재면, 내용물의 순수한 무게를 알 수 있다. 거기에 그램(g)당 가격을 곱하면 총가격이 정해진다.

세스퀴소다와 소프넛 조금, 종이테이프 하나를 골라 카페 카운터에서 계산을 하려는데 앳된 인상의 카페 직원은 제로웨이스트숍 계산에는 능숙하지 않은지 가격을 계산하는 데 시간이 꽤 오래 걸렸다. 결국 직원과 손님의 협동 끝에 가격 계산이 끝났다. 단돈 6,590원. 그런데 문제가 있었다. 신용카드로 결제하려는데 직원이 '제로웨이스트숍 결제는 카페 측에서 돈을 받는 게 아니라 현금이나 계좌이체만 가능하다.'는 것이었다. 흔쾌히 '알겠다.' 하며 계좌번호를 받았는데, 낯익은 그 이름! 스마트폰 화면을 꾹꾹 눌러 6,590원을 '고금숙님'께 송금하는 영광을 누리며 나의 순례길은 달달하게 마무리됐다.

그날의 성지순례 이후 자신감이 붙은 나는 그 다음 주말엔 한 시간을 꼬박 지하철을 타고 서울을 가로질렀다. 목적지는 뚝섬에 있는 제로웨이스트숍 더 피커. 거기에서는 다양한 물건 외에도 곡식과 견과류, 숏 파스타 몇 종류를 포장 없이 살 수 있는 재미가 있었다. 앙증맞은 유리병에 담긴 천연소재 치실도 처음 보았다. 그동안 매일 무심코 쓰고 버리던 치실인데 그 역시 플라스틱이라니, 충격이었다. 이 먼 길을 자주 올 자신이 없어 대나무 섬유 치실 본품과 함께 누에고치처럼 생긴 리필까지 두 개 야무지게 챙겼다. 그렇게 제로웨이스트숍을 직접 방문해보고 어떤 대안적 물건이 있는지 눈으로 확인하고 쓰레기 없이 물건을 사는 경험까지 해보자 내 마음가짐은 확실히 전과 달랐다. 두 제로웨이스트숍 덕분에 일어난 변화였다.

그로부터 몇 달의 시간이 흐르고 결국 그날이 오고야 말았다. 나는 그 당시 제로웨이스트 인터넷 카페에 애정을 갖고 활발히 활동하는 회원이었는데 카페 정모가 열린다는 공지를 보았다. 모임이라면 질색인 내향인이지만 빛의 속도로 참석 댓글을 달 수밖에 없었던 건 1부 프로그램이 고금숙 작가님의 강연이었기 때문이다. 드디어 그분을 실물로 영접할 기회가 생겼다. 그리고 대망의 정모 날, 실제로 뵌 작가님은 내가 상상했던 것보다 더 멋지고 시원시원한 미인이셨다. 맨 앞줄에서 내내 초롱초롱한 눈으로 강연을 경청하다가 쉬는 시간이 되자 살금살금 그분 곁으로 다가갔다.

"작가님, 사인 부탁드려도 될까요? 저 진짜 팬이거든요."

고작 이런 뻔하고 촌스러운 한마디를 하는데 심장이 두근거려서 혼났다. 그리고 지금이나 그때나 센스가 부족한 나는 미리 작가님 책을 준비해오지 못해서 흰 메모지 한 장을 수줍게 내밀었고, 잠시 후 돌려받은 메모지에는 사인 대신 '오늘 뵈어서 넘나 반갑습니다.'로 시작해서 '에코에코한 날들, 같이 살아 보아요.'로 끝나는 유쾌한 편지가 적혀 있었다. 메모지를 두 손으로 받아들곤 그날 저녁 당장 서점에 가서 작가님의 신작 《우리는 일회용이 아니니까》를 구입했다. 책의 첫 장에 작가님 친필 편지를 붙여 간직할 계획이었는데, 붙이기 직전에 마음이 바뀌었다. 이렇게 훌륭한 책에 어울리는 건 '소유'가 아니라 '공유'다. 마침 곧 생일이 돌아오는 친구가 있어서 초록빛 표지가 산뜻한 그 책을 선물했고, 작가님의 메시지가 담긴 그 작은 종잇조각만 소중히 간직하고 있다.

작가님을 뵈었던 그날로부터 몇 달 후 카페 M 제로웨이스트숍은 확장 이전 공지를 냈고 작은 매대는 아쉽게도 망원시장을 떠났다. 대신에 그 뜻을 고스란히 이어받은 새로운 간판이 망원과 합정 사이에 조그맣게 생겨났다. 그 유명한 '알맹상점'의 시작이다.

° 알맹상점, 그리고 그 뒤를 이은 수많은 제로웨이스트숍의 등장

고금숙 작가님과 몇 분의 활동가님들이 의기투합해서 오픈한 이 귀여운 이름의 가게는 좁고 가파른 나무 계단을 올라가야 하는 2층에 있는데(2022년 봄, 알맹상점은 망원시장 근처 건물 3층으로 이전했다.) 오픈 초기 그곳에 첫발을 디딘 나는 문화 충격을 받고 그만 어질어질해져 버렸다.

헨젤과 그레텔이 과자집을 처음 발견했을 때 마음이 이랬을까? 천연수세미, 샴푸바, 다회용 빨대, 소창 행주, 대나무 칫솔, 면 생리대, 생리컵 등 다양한 물건이 한데 모여 있는 건 물론이었고 거기다 샴푸, 린스, 세탁세제, 유연제, 소독용 알코올, 주방세제 등을 리필하거나 각종 차와 향신료, 심지어 커피 원두까지 쓰레기 없이 살 수 있었다. 나중에 알았는데 화장품이나 세제를 소분해서 판매하려면 엄청 어려운 자격증•이 꼭 필요하다고 한다. 알맹상점 대표님들께서는 보이지 않게 그런 노력까지 하신 것이다!

• 약사나 의사 면허 소지자이거나 이공계 전공 학사 학위를 보유하거나 화장품 제조 판매 경력 2년 이상을 보유하고 있어야 한다. 경력 중에서도 단순 서비스업이 아닌 제조 및 판매 경력만 인정된다고 하니 쉬운 일은 아니었을 것이라 짐작해 본다.

'이제 됐다. 할 수 있겠다.'

이 상점은 진짜배기였다. 첫눈에 알아볼 수 있었다. 이런 듬직한 동반자가 가까이 생겼으니 이제 한층 더 '제로'에 가까운 제로웨이스트를 할 수 있으리라는 자신감이 솟았다. 알맹상점은 역시 내 눈에만 멋있는 건 아니라서 방문할 때마다 점점 더 손님이 많아지더니 언제부턴가는 그 자그마한 상점이 늘 복작복작 붐빈다.

사람 많은 곳을 싫어하는 나지만, 이 상점이 붐비는 건 반가운 일이었다. 흐뭇한 미소를 띠고 시큰해진 콧잔등을 손가락으로 연신 쓸며 응원의 마음을 보냈다. 상점의 진가를 알아보는 사람이 늘어나자 언론도 주목했다. 시간이 흘러 포털사이트의 메인에 '제로웨이스트' 기사가 걸리는 날이 생겼고, 기사에서는 어김없이 알맹상점의 이야기를 볼 수 있었다. 볼 때마다 내 일처럼 반가워서 조회 수를 올려준답시고 괜히 들락날락 여러 번 클릭해보기도 했다.

더 기쁜 일은 이제는 알맹상점 말고도 전국에 수많은 제로웨이스트숍이 등장했다는 것이다. 저마다의 빛깔과 개성을 지닌 가게들은 이름들도 어찌나 재치 있고 정체성과 부합하는지, 제로웨이스트숍을 창업하려면 제목 학원을 필수로 수료해야 한다는 요건이 있나 의심될 정도다. 그뿐인가? 예전에는 가게에 비누 한 종류, 칫솔 한 종류, 세제 한 종류가 있어도 감지덕지했지만, 이제는 같은 품목에도 여러 브랜드가 등장하여 고를 수 있는 재미까지 생겼다. 제로웨이스트의 저변이 넓어진 것이 확실히 체감된다.

내가 요즘 다른 지역을 방문할 때 하는 놀이(?)가 있다. 그 지역에 혹시 제로웨이스트 관련 가게가 있나 미리 찾아보는 것이다. 설마 여기는 없겠지, 싶었던 장소인데 뿅 하고 제로웨이스트 가게가 검색되면 기분 좋게 뒤통수를 맞은 느낌이다. 오직 '제로웨이스트'라는 키워드 하나만으로 지리산 깊은 산골을 꼬불꼬불 달려서 일주일 중 딱 하루만 문을 여는 우리 밀 빵집 사장님을 찾아가 통을 내밀기도 했고, 경주에서는 작은 제로웨이스트숍을 지키는 우아한 사장님을 만나서 장미 꽃봉오리가 그려진 찻잔에 담긴 따뜻한 차와 직접 만드신 감귤 케이크를 대접받는 호사를 누리기도 했다.

이 모든 것 중 가장 기쁜 일은 내가 사는 동네에도 얼마 전 제로웨이스트숍이 생겼다는 점이다. '허그 어 웨일'이라는 예쁜 이름의 그 가게는 넓지 않은 규모지만 속은 옹골차다. 수많은 제로웨이스트숍을 순례해본 내 안목이라 정확하다. 이곳은 여러 가게의 장점만 모아 놓은 알짜배기였다. 걸어갈 수 있는 거리에 이토록 멋진 가게가 생기다니 기막힌 행운이라 생각하며 천연수세미, 대나무 칫솔을 골랐다. 그리고 통을 꺼내 과탄산소다를 사려는데 친절하신 사장님이 나를 도와주려고 오셨다. 하지만 나는 여유롭게 웃으며 거절하고 혼자 능숙하게 저울을 다뤄 영점을 맞추고 무게를 쟀다. 이곳에도 어김없이 예의 그 납작한 저울이 놓여 있다. 이런 모양의 저울을 처음 봤을 때가 있었는데 언제였더라? 살짝 눈을 감고 기억을 더듬다가 이윽고 떠올라 버렸다. 몇 해 전 망원시장 카페 M, 단출한 나무 매대 앞에서 세스퀴소다를 들고 행여나 저울을 망가뜨릴까 불안해서 설명서를 정독하던 애송이 제로웨이스터의 뒷모습이.

○

그럼에도 불구하고
고갈되고 싶지 않아서

° 돌 순(循)에 고리 환(環).
순환(循環)

'순환'이라는 단어가 주는 느낌을 좋아한다. 혈액순환, 계절의 순환, 과학책에 나오는 물방울들의 여행 이야기 같은 것들 말이다.

절기상 입추가 지나면 참 신기하게도 햇살에서 가을 느낌이 난다.

'덕분에 금세 빳빳하게 잘 말랐네!'

자연 건조가 끝난 면 생리대를 코에 갖다 대고 냄새를 맡으며 중얼거린다. 최선을 다해 깨끗하게 세탁한 그들에게

서는 그저 소창 고유의 청결하고 편안한 내음이 날 뿐이다. 한 바퀴의 레이스를 끝내고 목욕재계하고 다시 말간 얼굴로 출발선에 선 느낌. 결코 일회용품 따위가 줄 수 없는, 진짜배기 내 물건만이 줄 수 있는 느낌이다. 그것들을 잘 접어 수납함에 넣고 지퍼를 잠그는 것을 마지막으로 또 한 차례의 월경이 마무리됐다. 내 몸도 다시 새롭게 출발선에 섰다는 실감이 난다.

° '피' 없이는 들을 수 없는 이야기를 시작해 볼까요?

지금이야 경륜이 쌓여서 이렇게 면 생리대 속 풍류까지 찾는 여유를 부려보지만, 처음부터 쓰레기 없는 월경 생활이 쉬웠던 건 아니었다. 나는 꽉 막힌 모범생처럼 사는 것처럼 보이다가도 꼭 한 번씩 엉뚱한 행동을 하는, '반전 매력의 소유자'다. 그 엉뚱함은 제로웨이스트 실천에서도 어김없이 발휘됐다. 초보 시절에는 쉬운 것부터 차례로 시작해야 정석이거늘, 5년 전 제로웨이스트 첫 도전 과제 중 하나로 하필 극악 난이도를 자랑하는 '면 생리대 사용'을 골랐으니 말이다.

당시 나는 결혼 전이었고, 손빨래는커녕 세탁기 한 번

제 손으로 돌려본 적 없는 철부지였다. 무식하면 용감하다는 말이 딱 맞다. 이건 정말 눈물 없이 들을 수 없는 이야기다. 아니, 눈물이 아니라 피라 해야겠지. 문자 그대로 '피' 없이 들을 수 없는 이야기다.

중학생이 되자 나의 월경 생활이 시작됐고 '중형', '대형', '오버 나이트', '라이너' 따위의 낯선 단어도 함께 내 삶에 들어왔다. 한 달에 한 번씩 아래로 피가 쏟아지는 일은 아무리 겪어도 유쾌하지는 않았다. 게다가 지금이나 그때나 부주의한 편인 나는 꼭 한 번씩 잠옷이나 침대 시트에 핏방울을 묻혀 엄마에게 혼이 나곤 했다.

검붉은 피로 젖은 일회용 생리대를 둥글게 말아 접고 행여나 핏방울이 보일까 봐 두루마리 휴지를 둘러 야무지게 포장까지 해서 쓰레기통에 던져 넣으며 나는 그 월경 기간이 얼른 지나가기를 소망하곤 했다.

그렇게 보낸 15년. 그동안 내가 둥글게 말아서 던져 버렸던 생리대가 몇 개쯤 될까? 그리고 그것들은 어떤 장소에 도착했을까….

"Frankly, my dear. I don't give a damn."

(솔직히 말해, 내 알 바 아니지.)

영화 <바람과 함께 사라지다> 속 레트의 마지막 대사처럼 솔직히 미안하지만, 그 생리대들의 운명 따위는 전혀 내 관심사가 아니었다. 제로웨이스트를 접하기 전까지는.

그렇게 대충대충 지내다 시간이 흐르고 한국의 하늘이 누런 미세먼지로 점령당한 2017년 여름, 나는 제로웨이스트에 입문했다. 그 무렵 알게 된 충격적 사실 중 하나는 일회용 생리대 한 장에는 비닐 봉지 네 장에 해당하는 플라스틱이 들어 있다는 것. 이런 줄도 모르고 여태 그토록 쉽게 뽑아 쓰고 버리지 않았던가!

게다가 작은 기저귀 모양의 일회용 생리대, 아니면 고작 탐폰 정도가 월경 용품의 전부인 줄 알고 살았는데 세상은 넓었고 내가 모르던 것들이 더 존재했다. 면으로 만든 생리대가 있다는 것도 놀라웠지만 생리컵의 존재는 정말 신선했다. 미국이나 유럽 여자들은 이미 많이들 쓰고 있다는 그것은 작고 말랑말랑한 깔때기처럼 생겼는데 질에 밀어 넣은 후 그 속에 피가 고이면 다시 꺼내서 피만 버리면 된다고 한다. 간단히 씻어서 재사용할 수도 있다니 문화충격이었다. 더구나 운명의 계시같이 그해 가을에 생리대 파동이 터졌다. 생리대 속 이름도 발음하기 어려운 화학물질의 존재가 세상에 적나라하게 알려지자 나는 미련 없이 일회용 생리대에게 '그만 내 삶에서 나가 달라.'고 요청했다.

당차게 이별을 고하고 돌아서긴 했지만, 어김없이 월경은 돌아올 것이기에 속으로는 걱정이 시작됐다. 일회용 생리대를 대신할 것들을 서둘러 찾아야 했다. 요즘에야 제로웨이스트숍에만 가면 면 생리대나 생리컵을 손쉽게 구할 수 있지만, 그때는 아무리 찾아봐도 면 생리대를 오프라인에서 구할 방법이 없었다. 택배는 싫지만 어쩔 수 없이 온라인을 탐색했다. 하지만 온라인에도 면 생리대를 판매하는 곳이 거의 없었던 시절이고 몇몇 제품이 있었지만 거의 다 방수천을 덧댄 것들이었다. 방수천 역시 플라스틱이다. 그게 싫었던 나는 계속 헤매다가 중고장터에 올라온 글을 발견했다. 집에서 광목천으로 직접 만든 면 생리대를 판매한다는 글이었는데 방수천이 없는 제품이었다. 그분에게 비닐 포장은 절대 하지 말아 달라는 요청사항과 함께 돈을 입금하고 여러 사이즈의 면 생리대를 샀다.

생리컵을 찾기는 더 힘들었다. 국산 제품은 전무했고 해외 제품조차 정식 수입되기 전이었다. 생리컵에 관심이 있는 사람들은 해외 직구를 하던 시절이다. 그러나 고작 작은 생리컵 하나 산다고 대양을 가로지르는 탄소 배출을 하고 싶지 않아서 계속 헤매던 중, 또 중고장터의 도움을 받았다.

어떤 분이 생리컵을 두 개 직구했는데 그중 하나는 판매한다는 글을 찾은 것이다. 포궁(胞宮)의 길이가 어떻고, 내게 맞는 골든컵이 어떻고, 어설프게 주워들은 지식은 있었으나 선택의 여지가 없었다. 운이 좋길 바라는 수밖에. 역시 나는 비닐 포장 없이 달라는 요청과 함께 돈을 입금했고 며칠 후 연한 초록빛 생리컵 하나가 무사히 우리 집에 도착했다.

한 손에는 면 생리대, 다른 한 손에는 생리컵을 들고 난 생처음으로 월경이 시작되길 기대했다. 잘 할 수 있으리란 근거 없는 자신감을 가슴에 품고 맞았던 내 첫 '플라스틱 프리' 월경은 어땠더라? 지금 떠올리면 그저 허허 웃음만 나오지만, 그때는 소리 없이 재난 영화 한 편을 찍었더랬다.

내 몸에서 피가 그렇게 많이 나올지 모르고 면 생리대 한 장만 착용하고 의기양양하게 출근했다가 고작 두 시간 만에 화장실에 가 보니 이미 다 젖어서 속옷에도 피가 묻어 있었다. 소스라치게 놀라며 교체했지만, 문제는 이런 텀으로 교체하기엔 준비해온 생리대가 턱없이 부족했다는 것이었다. 결국 그날 오후에 조퇴할 수밖에 없었다.

생리컵은 또 어땠던가! 인터넷에서 다른 사람들이 올린 경험담과 꿀팁을 충분히 숙지하고 작은 컵을 들고 화장실로 향했다. 컵의 입구를 손가락으로 납작하게 접어서 밀어 넣으면 된다더니 이론과 실제는 달랐다. 용을 쓰며 넣으려고 하지만 잘 들어가지 않는다. 환장하게도, 그 순간마저 한 줄기 피가 주르륵 흘러 손가락을 미지근하게 적셨다.

그래도 기억해야 할 점은 내가 엉뚱하긴 해도 '모범생'이라는 점이다. 이 고지식한 모범생은 재난 상황 속에서도 주어진 임무를 끝내 포기하지 않았고 다행히 차츰 시간이 흘러 몸에서 내보내는 피의 양이 자연스레 줄어들면서 훨씬 상황을 안정적으로 통제할 수 있게 됐다. 면 생리대로 몇 번 실수를 해보니까 이 하나가 흡수할 수 있는 적정량이 얼마인지, 어느 정도의 텀으로 교체해야 하는지 감이 생겼다. 생리컵도 넣고 빼는 과정은 힘들지만 하다 보니 나름 요령이란 게 생기며 차츰 수월해졌다. 아쉽게도 나의 골든컵은 아니었지만, 그럭저럭 쓸만한 실버컵 정도는 됐다. 그리고 인고 끝에 생리컵이 들어가 아무 이물감도 없이 몸속에 안착하는 순간, 수많은 간증 글에서 읽었던 것처럼 나 역시 본인이 월경 중이란 걸 망각하게 되더라. 그만큼 날아갈 듯 홀가분했다. 초반에 겁먹고 포기했더라면 만나지 못할 달콤한 해방이었다. 그렇게 나는 쓰레기 없는 월경이라는 새로운 세상에 서툴지만, 기념비적인 첫발을 내디뎠다.

무식했던 초보자 시절 사용한 면 생리대를 어떻게 세탁

했었는지 무용담을 풀어 놓자면 온통 피 칠갑이 된 장면들뿐이라서 과감히 편집하고자 한다. 대신, 5년 차 '플라스틱 프리 월경러'로서 누적된 팁을 전수해 보겠다. 이쪽은 확실히 피가 조금밖에 안 튄다.

면 생리대와 생리컵의 하이브리드

면 생리대와 생리컵은 각각의 장단점이 명확하다. 면 생리대는 별도의 적응 과정 없이 편리하게 착용할 수 있는 대신 세탁이 귀찮다. 생리컵은 적응되기 전까지는 넣고 빼는 방법이 낯설고 번거롭다. 대신 쉽게 세척할 수 있다. 그래서 나는 두 가지를 적절히 섞어서 사용한다.

양이 많은 전반부는 쏟아지는 피 때문에 이미 충분히 고생스럽다. 생리컵까지 넣고 뺄 여유가 없으니 그때는 편안하게 면 생리대를 착용한다. 그러다 사나흘 후 양이 적어지는 후반부에는 생리컵을 이용한다. 넣고 빼는 과정에서 손가락이 피로 젖지도 않고 금방 다 찰까 봐 걱정하지 않아도 된다. 무엇보다도 생리컵을 몸에 넣는 순간, 벌써 월경이 끝난 기분이 들기 때문에 만세를 부르고 싶어진다.

'샐까 봐 너무 걱정돼요'에 대한 팁

양이 많은 날에는 면 생리대를 두 겹 착용한다. 나는 첫째 날과 둘째 날에는 일반 사이즈 아래에 작은 팬티 라이너 사이즈 면 생리대를 받친다. 그리고 그 위에 위생 팬티를 입어 주면 엉덩이 부분이 방수 처리가 되어 있으므로 겉옷에 피가 샐 염려가 없다.

"그럼 처음부터 방수천이 들어간 면 생리대 쓰면 되잖아요!"

그 말도 일리가 있지만 생각해보자. 나중에 다 쓴 생리대를 세탁할 때 가장 위생적인 방법은 끓는 물에 삶는 것이다. 하지만 플라스틱 소재인 방수천이 들어간 제품은 삶기 애매하다. 또한 방수천은 아랫도리의 통풍을 막기 때문에 간지러움과 냄새의 원인이 되기도 한다. 방수천이 없는 생리대를 쓰되, 외출할 때는 안전하게 위생 팬티를 착용했다가 집에 돌아오면 통풍이 가능한 면 팬티로 갈아입는 것이 여성 건강에 더 좋다.

생리컵을 쓸 때도 불안하다면 팬티 라이너 사이즈 면 생리대를 하나 같이 착용해주면 걱정이 없다.

바리데기 공주는 몰랐던 비밀, 과탄산소다

사용한 면 생리대는 찬물에 여러 번 헹궈서 핏물을 빼고 세탁비누를 이용해 가볍게 애벌빨래를 한다. 그리고 대야에 물을 담아 그 속에 담가 놓는다. 그러다가 나오는 피의 양이 줄면서 생리컵으로 넘어갈 시점에 냄비에 물을 끓여 그동안 쌓인 면 생리대를 다 함께 와르르 끓여준다.

이때 과탄산소다를 같이 넣고 끓이면 애벌빨래로는 지워지지 않았던 얼룩이 말끔하게 지워지는 신비를 목격할 것이다. 그 효과가 어찌나 신묘한지, 검은 빨래가 하얘질 때까지 빨고 또 빨았다는 설화 속 바리데기 공주한테 과탄산소다 한 통 꼭 선물하고 싶을 정도다. 과탄산소다는 제로웨이스트숍에서 쓰레기 없이 구입할 수 있다.

세탁기와 적절히 협업할 것

끓는 물로 목욕하고 나온 면 생리대가 마지막으로 가는 곳은 세탁기다. 이 단계까지 거치면 손빨래가 놓친 마지막 2% 찝찝함을 말끔하게 날려버릴 수 있다. 나는 물과 전기를 아끼려고 세탁 망에 넣어서 일반 빨래와 함께 돌리는데 지금까지는 별 문제가 없었다. 만약 손빨래를 완벽하게 했더라면 굳이 세탁과 헹굼 단계는 세탁기의 도움을 받지 않아도 되겠다. 하지만 탈수만큼은 기계의 도움을 받는 게 좋다. 면 생리대가 두툼한 편이라 손으로만 짜면 잘 안 마를 수 있다.

어때요? 참 쉽죠? (밥 로스 아저씨에 빙의해서)

그런데 아무리 이렇게 '쓰레기 없는 월경 생활'이 괜찮다, 할 만하다, 홀가분하다, 요령만 있으면 쉽다…. 온갖 좋은 말로 포장해 보려고 애써도 변하지 않는 사실이 있다.

좀 귀찮다. 사실 '좀'보다 꽤 많이.

포장된 일회용 생리대 하나 꺼내서 비닐을 찢고 플라스틱으로 만들어진 내용물을 쓰고 버리던 그 시절, <바람과 함께 사라지다>에서 스칼렛 오하라를 떠나는 레트 버틀러처럼 유유히 뒷모습을 보이며 돌아서면 그만인 시절이 내게도 있었다. 그땐 얼마나 간편했던가!

하지만 그럼에도 불구하고 이런 대안적 월경 용품으로 완전히 옮긴 이유는 '고갈되고 싶지 않아서'다.

피가 묻었던 면 생리대가 다시 뽀얗게 부활하기까지는 분명 수고로움이 필요하다. 하지만 그 수고 덕분에 열 개 남짓한 면 생리대와 생리컵 하나로 벌써 5년 가까운 시간 동

참~ 쉽죠?!
아니요…

안 몇십 번의 월경을 쓰레기 없이 치를 수 있었다. 순환하는 것들의 힘이다. 고갈되지 않았고 앞으로도 고갈되지 않을 것이며 언젠가 먼 훗날 버려야 할 때가 온다면 비교적 무해하게 지구의 품으로 돌아갈 것이다.

마트의 생리대 코너에 가면 갖가지 종류의 생리대가 바닥부터 천장까지 가득 차 있다. 수백 장씩 값싸게 사서 화수분처럼 무한히 뽑아 쓰고 버리는 일회용 생리대 역시 '고갈'이라는 단어와는 멀어 보인다. 하지만 조금만 생각해보면 현실에서 화수분은 불가능한 개념임을 알 수 있다. '써도 써도 끝없이 만들어지는 마법'은 전래동화 속에서나 가능한 일이다.

우리는 잊지 말아야 한다. 지금의 고갈 없는 풍요는 후세대의 몫까지 지구의 자원을 무리하게 당겨서 쓰고 있기에 가능한 착시 현상이란 것을. 게다가 버려진 생리대들은 그대로 사라지는 것이 아니다. 일부는 검은 연기로 소각되고 일부는 그 불결한 모습 그대로 어딘가에 영원히 매립될 것이다. 천상병 시인의 시 구절처럼 '새벽빛에 스러지는 이슬과 손에 손을 잡고 하늘로 돌아가는' 경지에는 이르지는 못할지언정 내가 지구에 머물렀던 흔적을 썩지 않는 생리대 더미로 남기고 가고 싶진 않다.

내가 쓰는 물건 중 순환하는 것들은 면 생리대 말고 또 있다. 와입스(화장실 휴지 대용으로 쓰는 작고 얇은 면 손수건)와 소창 행주다. 하루에도 몇 번씩 만져야 하는 물건의 촉감이 자연을 닮아 정겹고 보드랍다는 건 사용자에게 작은 행복을 준다. 아무리 영리한 물티슈나 일회용 행주를 데려와도 진짜배기들이 손과 몸에 닿는 감각까지 모방하지는 못한다. 사용한 뒤 조금의 수고를 들여 조물조물 빨고, 가끔 과탄산소다와 세탁기의 도움을 받아 목욕재계를 마치고 다시 내게 돌아온 말끔한 모습을 만나는 것도 반가운 일이다.

그렇게 우리 집이라는 작은 우주 속에서 면 생리대가, 와입스가, 소창 행주가 저마다의 주기를 가진 행성같이 둥글게 순환한다. 그 셋은 '어벤져스'처럼 힘을 합쳐 고갈에 맞서고 있다. 그 꾸준한 순환 덕분에 그동안 참 많은 것들이 함부로 버려지지 않을 수 있었다.

그들과 함께 지구를 지키기 위해 조금 수고롭고 많이 귀찮지만, 오늘도 고갈 대신 순환 버튼을 누르는 나는…? 나름 '닉 퓨리' 정도는 되지 않냐고 우겨본다.

친애하는 나의 반려 프라이팬

° 반려(伴侶): 짝이 되는 동무

국어사전에서 찾아본 '반려'의 뜻이다. 과거에는 주로 배우자를 뜻하는 말이었으나 요즘은 '반려 동물', '반려 식물'이라는 말도 일상적으로 쓰일 만큼 '인생의 동반자'라는 의미로 폭넓게 활용된다. 그렇다면 나는 감히 이렇게 말하고 싶다. 나에게는 '반려 프라이팬'이 있노라고.

° 새댁의 첫 프라이팬

몇 해 전 결혼 준비를 하던 무렵 이런저런 주방용품을

잘 알지도 못하고 사들였다. 그릇 세트, 냄비 세트, 전기밥솥, 압력솥, 수저 세트 등등. 그중에는 프라이팬도 있었는데 그에 대한 지식이 전혀 없었던 나는 가장 많이 들어봤단 이유로 코팅 프라이팬을 고민 없이 골랐던 것 같다. 그리하야 내 첫 프라이팬은 국산 브랜드 코팅 프라이팬 중, 소, 그리고 궁중 팬 이렇게 한 세트로 결정됐다.

결혼식을 올리고 신혼집에 살면서 준비했던 그 주방용품들을 실제로 사용하기 시작했다. 어리바리한 상태로 샀던 것에 비해 다행히 거의 다 쓸 만했다. 다만 하나, 코팅 프라이팬 삼총사를 볼 때마다 마음속 깊숙이에서 한 줄기 이유 모를 의구심이 피어오르곤 했다.

내 첫 프라이팬의 겉면은 짙은 파란색이었고 반드르하게 코팅된 안쪽은 밝은 회색으로 두 색의 조화가 제법 산뜻하니 신혼 주방에 어울렸다. 몸체에 달린 검은 손잡이 역시 플라스틱 소재라서 맨손으로 잡아도 뜨겁지 않았으며, 가스불과 인덕션 둘 다 사용할 수 있어서 편리했다. 하지만 그럼에도 그것들을 쓸 때마다 내 마음은 썩 편안하지 않았다.

"프라이팬은 비싼 거 쓸 필요 없이 싼 거 사서 쓰다가 자주 바꾸는 게 최고야."

사람들이 자주 하는 이 말의 행간에서 엿볼 수 있듯이

코팅 프라이팬의 최대 약점은 짧은 수명이다. 코팅이 벗겨지면 유해 성분이 나와서 더는 사용할 수 없기에 금속으로 된 조리 도구로 바닥을 긁지 않도록 주의해야 하며 조심조심 썼더라도 1년~1년 반이 지나면 버려야 한단다. 그런데도 코팅 프라이팬이 많은 주부의 둘도 없는 친구인 까닭은 단연 그 편리함과 저렴한 가격 때문일 것이다.

코팅 프라이팬은 머리 아플 일이 없다. 무엇을 굽든 달라붙지 않으며 지루하게 예열할 필요도 없고 설거지도 다른 그릇과 똑같이 쉽게 할 수 있다. 게다가 겨우 만 원짜리 한 장 정도면 산뜻하게 새 프라이팬을 들일 수 있으니 기분 전환에도 좋다.

다들 이렇게 하는 걸 알고 있기에 나도 덩달아 코팅 프라이팬을 사서 쓰고 있긴 하지만 머릿속엔 계속 물음표가 떠올랐다.

왜 코팅 프라이팬엔 음식이 달라붙지 않을까?

코팅이 벗겨지기 전에는 유해 물질이 나오지 않는다는 것이 확실할까?

이걸 버릴 땐 재활용품으로 버려도 되나?

→ 아니오, 코팅 프라이팬은 복합 소재라 재활용이 안 되고 종량제 봉투에 일반 쓰레기로 넣어 버려야 해요.

왜 내가 부친 김치부침개는 맛이 없나?

→ 이때는 제 요리 실력 부족이라고만 생각했었지요.

그런 연유로 끝까지 코팅 프라이팬에는 정을 못 주고 줄곧 데면데면하게 대하다 1년이 지나고 거의 2년을 바라보던 어느 날이었다. 충격적인 일이 일어나 버렸다. 비록 예뻐하진 않았지만 그래도 내 손을 떠나면 썩지 않을 일반 쓰레기가 될 그것의 운명을 알았기에 측은한 마음이 들어 조금만 더, 조금만 더 하며 미련하게 붙들고 있었던 것이 잘못이었다.

아침에 일어나 지난 밤 설거지하고 마른 그릇을 정리해서 넣던 중 프라이팬 상태가 조금 이상하다는 걸 눈치챘다. 손가락으로 팬 바닥을 슥 훑자 얇은 잠자리 날개 같기도 하고 양파 껍질인 것 같기도 한 질감의 무언가가 떨어져 나왔다. 말로만 들었던 코팅 벗겨짐을 목격한 것이다. 벗겨낸 얇은 막을 두 손가락으로 문지르자 파르르 바스러지며 가루가 되었다. 등에 소름이 오소소 돋았다. 나, 언제부터 이런 걸 먹고 있었던 걸까?

사실 나는 알고 있었다. 코팅 프라이팬의 짧은 수명을. 그럼에도 가볍게 생각했다.

동시에 이런 생각도 들었다. '이걸 버리고 새 코팅 프라이팬을 사고, 그것을 또 버리고 또 새로 사고. 앞으로 내 인생에서 이런 짓을 몇 번을 반복해야 하는 걸까?' 요즘은 백세 시대라던데 앞으로 몇십 번이나 이런 찝찝한 이별을 하고 싶지 않았다. 뜨겁게 달구고 볶고 젓는 과정에서 부지불식간 이런 바스락거리는 것이 녹아 나올까 봐 불안했고 재활용도 되지 않는 이것들을 종량제 봉투에 힘겹게 욱여넣어서 버리는 일도 이번 한 번이면 족하다. 그래서 나는 코팅 프라이팬과의 영원한 이별을 위해 프라이팬을 공부하기 시작했다.

° 프라이팬을 '공부'하다

프라이팬은 크게 세 종류가 있다. 가장 대중적으로 쓰이는 코팅 프라이팬은 싸고 가볍고 달라붙지 않는다. 대신 코팅이 벗겨지면 더는 쓸 수 없기에 수명이 짧다. 스테인리스로 만든 스텐 프라이팬은 유해 물질이 나오지 않고 오래 쓸 수 있으며 설거지도 까다롭지 않다. 반면 만드는 데 많은 에너지가 들고 사용하기 전 3~4분가량의 까다로운 예열 과정이 필수다.

무쇠로 만든 무쇠 주물 프라이팬도 있다. 우리 조상들은 가마솥으로 밥을 짓고 그 뚜껑을 뒤집어서 전도 부쳐 먹었다고 하던데 바로 그걸 계승한 게 무쇠 주물 프라이팬이다. 무쇠 팬으로 한 요리를 먹으면 자연스레 몸속 철분 보충이 된다고 한다. 그리고 몸체와 손잡이까지 무쇠라는 단일 성분이기 때문에 고철로 버리면 재활용될 수 있다. 또한 열전도율이 높아서 바삭바삭한 부침개가 가능하다. 하지만 치명적인 단점도 있다. 헉 소리 나게 무겁다는 것과(솥뚜껑을 한 손으로 든다고 상상해보라!) 독특한 세척 과정이다.

여기까지 듣고, '아 안 되겠다. 나는 스텐이나 주물은 못 쓰겠다. 코팅 팬 못 잃어' 하는 분들에게는 진지하게 영화 <다크 워터스>를 권한다. <헐크>와 <비긴 어게인>으로 유명한 배우 마크 러팔로 주연의 이 영화는 '테플론'이라는 코팅제를 판매한 미국의 대형 화학 기업 듀폰과 그 달라붙지 않는 편리함에 중독된 사람들, 그리고 그로 인해 일어난 충격적인 실화를 다루고 있다.

듀폰사(社)는 1938년 불소와 탄소의 화학적 결합을 통해 '퍼플루오로 옥타노인 애시드(PFOA)'를 개발한다. 그 PFOA를 활용해서 만든 불소 탄화수지에 '테플론'이라는 이름을 붙여서 판매했는데, 달라붙지 않는 비 접착성이 특징이었다. 그레고아르라는 사람이 테플론을 프라이팬에 코팅해 보자는 아이디어를 냈고 그의 아이디어는 말 그대로 대박이 났다. 테플론 코팅이 된 프라이팬은 금세 모든 주부의 마음을 사로잡았고 날개 돋친 듯 판매됐다. 유명 브랜드 '테팔'의 시작이다. 테팔이라는 이름도 Tef(테플론)+Al(알루미늄)이라는 뜻이다.

문제는 테플론 속 PFOA가 엄청난 유독 물질이며 발암 물질이었다는 것이다. 이 사실은 뒤늦게 밝혀졌는데 그땐 이미 공장 주변 동물들이 떼죽음을 당했고 근처 하천을 식수로 마신 주민들이 질병에 걸리고 기형아가 출생한 후였다. 영화에서는 마크 러팔로가 주인공 변호사로 나와 거대 기업과 소송하는 과정을 그린다.

영화를 보고 난 뒷맛이 개운치 않은 건 이것이 실화를 기반으로 한 내용이며 우리도 그동안 많든 적든 코팅 프라이팬으로 만든 음식을 먹고 살았기 때문일 거다. 그래도 다행히 피해자들이 듀폰사를 상대로 낸 소송은 결국 승리했으며 그 후로는 테플론을 제조할 때 PFOA를 쓰지 않는다고 한다. 현재 판매하는 코팅 프라이팬에는 PFOA가 없다니 다행이다. 하지만 그래도 과연 안전할까? 유독 물질 PFOA가 빠졌지만, 여전히 코팅 프라이팬의 원리는 테플론이라는 화학물질이 얇게 한 겹 입혀진 것이다. 그게 과연 인체에 유해한지 무해한지에 대해서는 여전히 갑론을박이 이어진다. 여기까지가 코팅 프라이팬을 쓰는 이라면 알고는 있어야 할 내용이다.

° 무쇠 프라이팬, 너 참 친해지기 어려운 녀석이구나?

코팅 팬에 결별을 고하고 고심 끝에 내가 선택한 건 무쇠 팬이었다. 무겁다는 건 팔 힘을 기르거나 두 손으로 들면 될 것이고 복잡하다는 설거지 과정도 익숙해지면 괜찮을 것 같았다. 조리 과정에서 저절로 철분이 더해진다는 것도 나쁘지 않았으며 무엇보다도 끝내주게 바삭바삭한 부침개가 가능하다는 후기가 매력적으로 다가왔다.

그렇게 만난 내 첫 무쇠 프라이팬은 미국에서 만든 '롯지'라는 브랜드의 10인치 팬이었는데 진한 검은색이었으며 그 자태는 투박함과 시크함을 두루 갖췄다. 3만 원 정도의 가격은 코팅 팬에 비하면 비쌌지만, 반영구적으로 쓸 수 있다는 것을 고려하면 해볼 만한 투자였다. 다만 실제로 들어 보니 진짜 헉 소리가 날 만큼 무거웠다. 매력적인 생김새만 보고 도전하기에는 만만치 않은 녀석이었다. 하지만 나 역시 만만치 않은 사람이지. '얍!' 하고 속으로 기합을 한 번 넣었다.

그러나 첫 일주일은 그 기합 소리가 도로 쏙 들어갈 만큼 힘들었다. 잘 길들여진 무쇠 팬은 음식이 달라붙지 않는다던데 도대체 '길들인다는 것'이 뭔지 이해가 안 됐다. 그리고 세척 과정은 어찌나 독특하고 복잡한지. 왜 세제 없이 물로만 닦아야 한다는 것이며 세척 후 물기를 바로 닦아 내고 가스 불에 올려 말려야 한다는 깨알 같은 주의 사항도 귀찮기 짝이 없었다. 하지만 포기하기에는 왠지 약이 올라서 반대로 행동했다. 일부러 더 자주 꺼내 썼다. 그렇게 차츰 시간이 흐르자 나는 조금씩 무쇠란 것이 무엇인지 이해하기 시작했다.

° 무쇠는 기름과 불을 좋아하고 물과 비눗기를 싫어한다

심플하게 말하면 이 한 문장으로 요약할 수 있을 것 같다. 얇게 들기름을 한 겹 바르고 불로 뜨겁게 달구어주면 그게 바로 일종의 코팅이다. 그걸 반복해서 겹겹이 쌓이게 하는 과정이 바로 '길들이는' 것이었다.

혹은 기름진 요리를 자주 하여 길들일 수도 있다. 세척할 때는 헌 옷을 자른 천이나 키친타올로 기름기를 먼저 닦아 낸 후 따뜻한 물로 불리고 부드러운 수세미로 씻어낸다. 세제를 안 쓰니까 기름기가 남지 않냐고? 아까 말했듯 그 기름기라는 것은 무쇠 팬에겐 '코팅'이다. 비누로 무쇠 팬의 기름기를 쏙 빼고 나면 다시 처음부터 길들이는 과정을 거쳐야 하니 도로 아미타불이다. 그리고 세척 후 물기를 닦아 바로 가스 불에 말리는 건 물을 만나면 녹스는 무쇠의 성질 때문이었다. 한 번은 귀찮아서 물기를 덜 말렸더니 다음날 어김없이 녹이 슬어서 식겁했던 적도 있다. 하지만 여기서 등장하는 무쇠의 매력 포인트! 철 수세미로 박박 밀면 녹이 벗겨지며 부활한다. 물론 처음부터 길들이기를 다시 시작해야 하겠지만….

그냥 만 원 주고 코팅 팬 샀으면 또 한동안 걱정 없이 썼을 텐데 굳이 고생을 사서 하던 날들이 지루하게 이어졌다. 그러던 어느 날이었다. 무쇠 팬을 쓰려고 꺼냈는데 어, 오늘 뭔가가 달라 보인다. 뭐랄까, '예뻐'졌다. 놀라서 눈을 부릅

뜨고 다시 봤는데 역시 예쁘다. 원래 있던 무뚝뚝한 애는 어디 가고 화사한 애가 새로 왔나 싶었을 정도로 달랐다. 바닥이 검고 반드르르했으며 뭔가 깊은 윤기가 돌고 있었다. 살짝 손가락 끝으로 어루만져 보니 끈적임 하나 없이 매끈했다. 난 무쇠 팬 전문가도 뭐도 아니지만, 직감적으로 알 수 있었다. 이건 아주 잘 길.들.여.진. 상태다.

"아니, 난 친구를 찾고 있어. 그런데 '길들인다'라는 게 무슨 뜻이야?"

"요즘은 대수롭지 않게 여겨지고 있지만, 그건 '관계를 맺는다'라는 뜻이야."

"관계를 맺는다고?"

"그래." 여우가 말했습니다.

"내가 보기에 너는 아직 수천수만 명의 다른 아이들과 다를 게 없는 또 하나의 소년일 뿐이야. 그러니까 난 네가 없어도 돼. 너 역시 내가 없어도 되겠지. 네가 보기엔 나 역시 수천수만 마리의 다른 여우들과 똑같을 테니까. 하지만 네가 나를 길들인다면 우리는 서로에게 필요한 존재가 될 거야. 너는 나에게 이 세상에 하나뿐인 사람이 될 테고, 나는 너에게 이 세상에 하나뿐인 여우가 되겠지."

_《어린 왕자》 중에서

아무 생각 없이 쓸 수 있는 편리한 물건이야 한가득 가지고 있다. 하지만 물건은 어디까지 물건일 뿐, 그것에 인간적인 감정을 품어 본 적은 없다. 그러나 이 불편하기 짝이 없는 무쇠 프라이팬을 긴 시간을 들여 길들이는 과정에서 나도 모르게 마음의 지극히 인간적인 부분까지 열어 버린 것이다. 그에 화합하듯 이 녀석은 예뻐졌고 마침내 내게 와서 하나뿐인 여우, 아니 하나뿐인 프라이팬이 되었다. 그날 우리가 함께 호흡을 맞춰 김치전을 부치자 정녕 내 손으로 만든 게 맞나 싶을 정도로 '빠삭빠삭한' 인생 김치전을 만나는 쾌거를 거두었다.

'그 이후로 잘 길들여진 무쇠 프라이팬으로 한 모든 요리가 성공적이었다.' 라는 해피엔딩은 없었다. 길들여진 상태란 건 한 번 완성되면 불변하는 것이 아니더라. 매번 내가 어떻게 불 조절을 했는지, 어떤 타이밍에 얼마만큼 기름을 둘렀는지, 어떻게 세척하고 건조했는지에 따라 계속 변했다. 마치 계속 돌봐야 하는 동물이나 식물처럼. 그래서 나는 계속 프라이팬의 표정, 아니 표면을 유심히 살펴야 한다.

어느 날은 잘 길들여져서 해사하게 웃고 있을 때도 있고 어느 날은 무한도전 딱따구리 명수처럼 빙구같은 표정을 짓고 있는 날도 있다.(진짜다!) 그런 날은 십중팔구 불이 너무 셌거나, 기름을 부족하게 둘렀거나, 제대로 세척을 못 한 것이다. 하지만 심기일전해서 정성 들여 쓰다 보면 어느 순간 다시 예쁘장하게 윤기가 돌고 있는 모습으로 돌아와서 코팅 팬 따위는 범접 못 할 최고의 퍼포먼스를 보여준다.

무쇠 프라이팬과 함께 한 날들이 어느새 3년을 훌쩍 넘었다. 그사이 우리 집에서 버려진 프라이팬은 한 개도 없었고 기분 탓인지 몰라도 나는 빈혈 한 번 없이 튼튼하게 살고 있다. 미운 정, 고운 정 다 넘어 무쇠의 매력에 듬뿍 빠진 나는 국산 안성주물에서 나온 작은 사각 팬도 하나 들여 잘 쓰고 있다. 하지만 여전히 첫정을 준 롯지 10인치 팬을 가장 사랑한다. 우리는 서로를 길들였기 때문이다. 이 정도면 인생의 동반자가 될 '반려 프라이팬'이라고 불러도 되지 않을까 싶다.

내 작은 소망은 호호 할머니가 될 때까지 이 무쇠 팬을 쓰다가 더는 이 팬을 들 수 없게 될 때 어느 요리를 좋아하는 젊은이에게 여전히 창창하게 잘 길들여진 이것을 물려주는 것이다. 고것 꽤 멋진 계획이지 않은가?

'용기를 냈더니' 열린 세계

저녁을 먹은 후 가끔 남편과 나란히 앉아서 '세계 테마기행'이라는 프로그램을 본다. EBS에서 만든 여행 다큐멘터리인데 화마다 한 명의 여행자가 등장해서 진행하고 그 지역에 관해 직접 설명해 주기도 한다. 그의 뒤를 졸졸 쫓아서 나도 같이 여행하는 느낌을 받기도 해서 직접 해외여행을 가기 힘든 코로나 시국을 버티는 힘이 되었다.

하지만 역시 방송사에서 만든 다큐멘터리인 만큼 일반인들의 실제 여행과는 괴리가 느껴질 때도 있다. 아무래도 방송인데 평범한 관광객처럼 '왔노라, 보았노라'에서 끝난다면 심심하지 않겠는가? 그래서 '설정'은 꼭 빠지지 않고 들어간다. 가령 한 진행자는 유럽의 어드메에서 흐드러지게 핀 라벤더밭을 보고 경탄하다가 그 옆에서 열심히 꿀을 따고 있는 현지인 양봉업자를 발견하고 다가가 말을 건다. 그는 갑자기 말을 건 검은 눈동자의 이방인을 보고 놀라는 대신 자신이 딴 꿀을 맛보겠냐고 친절하게 제안한다. 또 다른 진행자는 남미의 작은 시골 마을을 걷다가 그날이 마침(!) 전통 축젯날이라서 지나가는 전통 의상 행렬을 구경한다. 그러다가 그는 주변에 있던 한 가족에게 말을 건다. 그러자 친절한 그 가족은 진행자를 집으로 데리고 가서 집안의 가장 어른인 할머니에게 인사도 시키고 전통 의상과 화장을 체험해 볼 수 있도록 도와준다.

그런 게 한두 번이 아닌데도 그런 장면이 나올 때마다 나는 꼭 손가락으로 TV 화면을 가리키며 남편에게 말한다.

“어떻게 처음 만난 사람이랑 저렇게 할 수 있어? 미리 섭외한 사람들이겠지? 각본이겠지?”

그래, 인정해야겠다. 삿대질하던 나의 속마음은 솔직히 ‘부러움’이다. 저렇게 낯선 사람들과 소통하고 마음을 나누는 여행은 언제나 내 로망이었지만 해보지 못했다. 그렇다고 남들만큼 여행을 안 해본 것도 아니다.

딱 서른 살이 되었을 때 그걸 기념하는 여행을 하고 싶어서 혼자 유럽을 여행했었다. 런던에서 시작해서 암스테르

담에서 끝나는 여정은 얼핏 평범해 보이지만, 사이사이에 일부러 낯선(내가 축구를 좋아했다면 낯설지 않았을지도!) 지명들을 넣어 경로를 짰다. 브뤼헤, 앤트워프, 겐트, 로테르담, 헤이그, 델프트, 위트레흐트, 아른헴 등 상대적으로 한국인 관광객들이 적을 것 같은 곳을 골라 홀로 꼬불꼬불하게 다닐 생각을 하니 내 부족한 영어 실력이 마음에 걸려 떠나기 전 걱정이 천근만근이었…지만 그건 모두 기우였고 나는 정해진 일정을 모조리 지켜 마지막 목적지인 크뢸러-묄러 미술관까지 방문하고 무사히 인천 공항으로 돌아왔다.

영어가 유창하지 않은데도 불편함 없이 여행을 마칠 수 있었다는 건 뒤집어 말하자면 별로 말을 할 일이 없었다는 뜻이다. 물건을 살 때도 돈만 있으면 어찌어찌 해결됐고 길을 찾을 때도 유능한 구글맵만 믿으면 돼서 정작 필요한 언어는 숙소에 체크인하거나 식당에서 음식을 주문할 때 쓰는 단순한 문장 고작 몇 개였다. '여행은 살아 보는 거야'라는 슬로건에 홀려서 호기롭게 현지인의 집을 에어비앤비로 빌려 보기도 했지만, 호스트와의 대화는 호텔 프론트보다 조금 더 길었을 뿐이었다.

그랬던 나에게 얼마 전 아주 특별한 일이 생겼다.

충북 보은군 속리산은 멋진 산, 맑은 공기, 길가에 즐비한 산채 비빔밥집까지 내가 좋아하는 것을 두루 갖춰서 우리 부부가 자주 가는 여행지다. 매번 평탄한 산기슭만 걷다가 이번에는 제일 높은 천왕봉을 올라 보겠다 벼르며 가던 중 길가에 '찐빵'이라는 큰 간판이 보였다. 산 정상에서 먹으면 진짜 맛있겠다. 꿀꺽, 군침이 돌아 차를 멈추고 트렁크에서 무언가를 주섬주섬 찾았다. 나는 여행할 때도 쓰레기를 최대한 줄이기 위해 마실 물을 큰 통에 담아 오고 수저와 다회용 빨대, 그리고 크고 작은 밀폐용기 두세 개를 꼭 챙겨 오는데 그중 가장 적당해 보이는 크기의 용기를 꺼내 품에 안고 가게로 들어갔다.

"찐빵 다섯 개, 여기에 담아서 살 수 있을까요?"

자그마한 가게를 지키던 사장님은 갑자기 들이닥쳐 용기를 내민 내 의도를 찰떡같이 알아채셨다. 놀라는 기색도 없이 바로 오케이 하시며 용기를 건네받으시는 걸 보니. 하지만 내 식탐은 거기서 멈추지 않았고 선반에 있는 대추칩에 시선이 탐욕스럽게 머물렀다.

"혹시 미리 포장이 안 된 대추칩은 없을까요? 여기에 담아 가고 싶은데…."

그러면서 아까보다 작은 용기를 쓱 내밀었다. 사실 간판 밑에 대추칩도 판매한다고 작게 쓰여 있기에 통을 두 개 들고 온 터였다. 하지만 안타깝게도 이번엔 사장님이 고개를 저으셨다. 습기를 만나면 눅눅해지기 쉬운 대추칩이라서 전부 비닐로 포장해 뒀다는 설명을 덧붙이셨다.

"그럼 저 비닐을 뜯어서 통에 담으면 안 되나?"

옆에 계시던 사장님 친구 분이 고개를 갸웃하며 말씀하시자, 사장님이 바로 교통정리를 딱 하신다.

"아니야, 이분은 아예 쓰레기를 안 만들고 싶어서 그러시는 거잖아."

사장님 센스가 가히 천왕봉 수준이다.

대추칩을 사는 데는 실패했지만, 찐빵을 찌는 5분 남짓한 시간 동안 우리 셋은 자연스럽게 '쓰레기'에 관한 이야기를 나누게 됐다. 나에게 환경 운동가라며 폭풍 칭찬을 해주시더니 다들 이렇게 쓰레기를 줄이면 참 좋을 것 같은데 당신들부터도 솔직히 종이컵을 자주 쓰게 된다고, 이러면 안 되는데 하며 반성까지 하시는 게 아닌가. 그렇게 환경에 관한 수다를 떨다 보니 금세 5분이 지났다. 사장님께서 찐빵을 통에 담으려고 가셨을 때 사장님 친구분이 말씀하셨다.

"그런데 나는…"

잠시 말을 멈춘 그분의 눈동자가 야무지게 빛났다.

"절대 쓰레기 함부로 안 버려요."

평소에 재활용 배출을 철저하게 하시고, 어디 놀러 갔을 때도 발생한 쓰레기를 꼼꼼하게 챙겨서 돌아오신단다. 그때 사장님이 찐빵을 들고 오셨다.

"좋은 일 하시니까 하나 더 넣어 드렸어요."

그렇게 말씀하시며 마음이 통한 사람들이 짓는 특유의 미소를 지으시는데 용기 속에는 김이 모락모락 나는 자줏빛 찐빵 '여섯 개'가 소담스레 담겨 있었다. 용기를 품에 안고 가게를 나오는 내 가슴도 말랑말랑, 모락모락해졌다. 그건 따끈한 찐빵 때문이었을까, 아님 그보다 더 따끈한 사람들 덕분이었을까?

그 기운을 받아서 천왕봉을 단숨에 올랐더라면 좋았겠지만, 그 길은 끝없는 계단을 오르는 난코스였다. 정상을 1km 남짓 남겨 놓고 마지막 고비를 넘지 못하고 아쉽게 하산했다. 그래도 왕복 네 시간 산행 끝에 먹는 산채비빔밥은 꿀맛이었다. 물론 채식을 하는 내가 고른 메뉴였다. 통실해진 부른 배를 두들기며 만족스럽게 걷는데 채식주의자가 아닌 남편은 아무래도 이렇게 여행을 마무리하긴 너무 아쉽단다.

남편을 위한 맥주 안주를 조금 사기 위해 이번에도 용기를 품에 안고 닭강정 집으로 향했다. 주문 전에 미리 용기를 보여 드리고 말씀드리자 여기 사장님도 내 의도를 콩떡같이 이해하시고 바로 쿨하게 오케이하신다. 결제하고 탁자에 앉아서 음식이 조리되길 기다리고 있는데 사장님께서 무피클과 콜라 한 병을 미리 냉장고에서 꺼내 준비하시는 게 보였다.

"저희 무랑 콜라 필요 없어요. 안 주셔도 괜찮아요."

목소리를 돋워 말씀드리자 사장님께서는 나 같은 손님이 생경한지 정말 필요 없냐고 한 번 더 확인하신다. 제로웨이스트를 하면서 오밀조밀한 플라스틱 쓰레기가 발생할 만한 것들은 웬만하면 받지 않고 미리 거절하는 게 습관이 되었다. 빙그레 웃으며 고개를 끄덕이자 그 무와 콜라는 다시 냉장고로 얌전히 돌아갔다.

시간이 흐르고 기다림이 길어지자 좀 심심해졌다. 가게 안을 찬찬히 한 번 둘러보는데, 내 시선이 벽에 붙어 있는 종이에 딱 멈췄다.

'음료는 따로 판매합니다.' 종이에는 크고 굵은 글씨로 그렇게 적혀 있었다. 혹시 내가 잘못 읽었나 싶어서 다시 봤지만, 분명히 저 문장 맞다. 이상하다. 아까 분명히 무랑 콜라를 같이 주시려고 했었는데?

그제야 뭔가를 알아챈 내 입술 사이에서 소리 없는 탄성이 나왔다. 그 콜라 한 병의 의미가 그거였구나. 비록 받진 않았지만 알 수 있었다. 냉장고에서 갓 나왔던 그것은 분명 가장 따뜻한 콜라 한 병이었을 것이다. 거기엔 마음이 담겨 있었기에.

가만히 돌이켜보니 비단 이번 여행에서뿐만이 아니었다. 제로웨이스트를 시작하고 일상 속에서 '용기를 내기' 시작했을 때부터 나에게 뭔가 새롭고, 좋은 일들이 일어나기 시작했다.

"여기에 담아 주실 수 있나요?"

고작 이 한마디의 힘이 참 세더라. 그 순간 상인과 손님이라는 기계적인 관계에 '투둑' 하고 균열이 가는 걸 참 많이 목격했다. 물론 전부 그러시는 건 아니지만, 생각보다 이 용기의 뜻에 공감하는 상인분들이 많이 계셔서 과분하게도 환경 운동가라든지, 참 야무진 새댁이라든지 수많은 칭찬과 격려를 받았다.

"조금 더 드렸어요."라며 얹어 주신 따스한 덤도 자주 받았다. 다들 이렇게 하면 좋을 텐데, 라고 중얼거리시는 모습에서는 잠시 음식을 파는 판매자의 얼굴이 아닌, 지구 환경을 걱정하는 한 사람의 얼굴이 보이기도 했다. 모두 용기로 물꼬를 트자 생긴 일이다.

"저번에는 남편이랑 왔던데 이번엔 같이 안 왔네?"

나는 몇 달에 한 번씩 시장 끝 좌판 할머니로부터 깐마늘을 사서 냉동실에 저장해두고 먹는데 그분이 나를 정확히 기억하고 말을 건네셔서 뜨끔, 놀라 버렸다. 일 년에 고작 두세 번 사는 손님인지라 단골이라 할 수도 없는데도 나를 기억하신다는 건 아마 내가 내민 용기 덕분일 것이다. 성냥갑같이 꽉 막힌 아파트에 콕 박혀 살면서 밖에도 자주 나오지도 않던 내성적인 깍쟁이가 용기를 내기 시작하자 이 동네에 나를 기억하는 사람들이 생겼다.

"이거 뜨거우니까 조심해서 받으세요."

맵기로 유명한 떡볶이집에서도 용기를 냈는데 그만 큰 실수를 해버렸다. 스테인리스 용기에 갓 조리한 뜨거운 떡볶이가 담기자 순식간에 뜨겁게 달아오른 것이다. 담아 주시던 사장님이 자칫 손을 다칠 뻔했다. 너무 죄송해서 어쩔 줄 몰라 하는데 사장님은 미소를 띠고 괜찮다고 하시며 오히려 내 손이 다칠까 봐 조심하라고 당부하셨다. 다들 이렇게 용기를 들고 오면 좋겠다고 하시며 넉넉히 담아 주신 양을 보자 더 죄송해져 버렸다. 그날 얻은 교훈은 뜨거운 음식을 담아 올 때는 뚜껑에 손잡이가 있는 용기가 좋겠다는 것.

하지만 뭐든 새로 사는 행위를 가장 뒷순위로 미는 제로 웨이스트 정신에 따라 다음날 부엌을 요리조리 뒤져보던 중 딱 적당한 것을 발견했다. 그건 바로 자그마한 스테인리스 냄비! 뜨거운 음식이 담겨도 환경 호르몬 걱정 없고 양쪽에 손잡이도 달려 있으니 편리하다. 유레카! 외치며 이 발견을 핑계 삼아 떡볶이집으로 다시 달려갔다.

평소 국을 끓이곤 하던 냄비에 떡볶이를 담아서 용감하게 집으로 걸어오는 길, 기분 탓인지 남편은 평소보다 나와 한 뼘 더 거리를 두고 걷는 것 같았다. 왜 그러냐고 물어보니 용기는 괜찮은데 냄비는 조금 부끄럽단다. '남편, 이런 아내랑 같이 살려면 좀 더 용기를 내 보도록 해!' 하며 엉덩이를 퐁퐁 두들겨 주고 싶었지만, 양손으로 냄비를 들고 있어서 아쉽게도 그럴 수 없었다.

2장

합니다, 비건

“고기 안 먹으면 뭐 먹고 살아?” 라는 질문에 적절하게 대답하는 방법

처음부터 온라인으로 만나려 했던 건 아니다. 두 친구와 내가 각자 사는 곳에 점을 찍고 선으로 이으면 지도에 커다란 정삼각형이 그려진다. 코로나19로 오랫동안 얼굴을 보지 못한 우리는 열심히 타협점을 찾고 있었다. 결국 셋 모두에게 한 시간은 족히 걸리는 낯선 지점을 약속 장소로 정한 것까지는 좋았는데, 문제는 식사였다.

몇 달 전 출산한 친구는 일반식을 하고, 바디 프로필을 촬영하려고 몸을 만들고 있는 친구는 닭가슴살과 샐러드가 주식이란다. 나는? 채식을 한다. 한 시간을 달려갔는데 함께 먹을 수 있는 음식이 고작 차 한 잔이라면, 온라인으로 만나는 것이 낫겠다고 우리 중 가장 똑똑한 친구가 제안했다.

창밖으로 파랗게 어둠이 내리는 금요일 저녁 일곱 시, 설레는 마음으로 노트북 앞에 앉았다. 어색함은 곧 사라지고 서로의 근황을 이야기하며 점점 더 말이 많아진다. 잠시 나는 어떤 근황을 전하면 좋을까 고민하다 불쑥 말을 던졌다.

"나 1월부터 비건 지향 시작했어."

내 말을 들은 친구들이 채식, 비건 얘기는 많이 들어봤어도 실제 하는 사람은 처음 봤다며 신기해했다. 그럼 생선도 안 먹느냐는 질문에 채식주의자에는 여러 종류가 있는데 그중 비건은 덩어리 고기뿐 아니라 육수, 생선, 우유, 달걀 등 모든 동물성 식품을 먹지 않으려는 엄격한 단계라고 답했다. 아직 나는 스스로를 '비건'이라고 지칭하기엔 좀 부족하고 '비건 지향'의 단계지만.

"그럼 뭐 먹고 살아?"

이런 질문을 처음 들은 건 아니다. 하지만 이번에도 또 난 말문이 막혀버렸다. 동물에서 얻은 식품을 빼고도 분명 이것저것 다양하게 잘 먹고 사는데, 뭐부터 말하면 좋을까?

"두부 같은 거 먹나?"

내가 우물쭈물하는 동안 다른 친구가 묻는다.

"어…. 두부도 당연히 먹지…."

떨떠름하게 대답해놓곤 여전히 머릿속이 복잡하다. 물론 나는 두부도 먹지만 두부만 먹진 않는다. '콩'이라는 카테고리만 봐도 수많은 음식이 있다. 일반식을 할 때는 몰랐는데 비건 지향을 시작하며 찾아보니 콩은 정말 다양한 방식으로 요리에 활용할 수 있었다.

° '콩' 카테고리 하나만 열어 봤을 뿐인데

예전부터 집에서 요거트를 만들어 먹곤 했는데 우유 대신 두유를 넣으면 '두유 요거트'가 된다. 두유로 만드는 '식물성 마요네즈'도 있다. 요즘은 시판 제품도 많지만, 집에서 만드는 것도 어렵지 않다. 두유와 식용유를 1:1 비율로 섞은 후 머스터드, 소금, 설탕, 식초를 넣고 믹서에 갈면 된다.

들깻가루와 두유를 넉넉히 넣고 파스타 면과 함께 볶아 '비건 크림파스타'를 만들어도 아주 맛있다. 먹고 남은 두부는 얼렸다가 해동하면 색감과 질감이 전혀 달라진다. 그걸로 두부 조림을 만들거나 작은 큐브 모양으로 썰어 볶음밥에 넣으면 씹는 맛이 쫄깃하다. 두부를 튀겨 만든 유부를 어묵 대신 떡볶이에 넣거나 김밥에 넣어도 잘 어울린다.

가끔은 낯설게 콩을 먹는 방법도 있다. 우리나라 사람들도 최근에 많이 먹는 인도네시아의 전통음식 '템페'는 콩을 발효시킨 단단한 식감의 음식인데 도톰하게 썰어 살짝 구워 먹으면 이국적인 별미다. 콩과 올리브 오일, 향신료를 넣고 갈았을 뿐인데 손쉽게 완성되는 중동 전통음식 '후무스'는 마성의 음식이다. 거기에 찍어 먹으면 채소가 끝도 없이 입에 들어간다. 마라탕을 좋아하는 이들이라면 '푸주'나 '포두부'의 매력을 설명하지 않아도 이미 잘 알 것이고.

그뿐 아니다. 2010년대 미국 부호들의 지원을 받은 한 스타트업 업체는 실험실에서 밀과 감자의 단백질을 이용해 진짜 고기의 색, 질감, 냄새, 육즙까지 똑같이 재현해내는데 몰두했고 괄목할 만한 성과를 냈는데 그 맛의 비밀은 콩뿌리에서 발견한 '헴'이라는 성분이었다고 한다. 그 이름도 찬란한 임파서블 푸드! 대체육 탄생 이야기다.

콩 하나로만 만들 수 있는 음식이 이리도 많은데 다른 카테고리까지 확장하려니 뭘 어디부터 설명할까 고민하던 중 그만 화제가 전환되어 버렸다!

속상하다. 내 부족한 말재간 때문에 친구들이 비건을 풀이나 씹어 먹고 흰 두부를 우물우물하며 맛없음을 견디는 (아, 물론 생채소와 두부도 천천히 음미하면 엄청나게 맛있지요.) 이미지로 딱 오해하게 생겼다. 더 한심한 건 이번이 처음이 아니라는 것이다. 주변에 나의 비건 지향을 알릴 때마다 "도대체 뭐 먹고 사니?"라는 질문을 당연하게(?) 받는다. 하지만 한 번도 똑 부러지고 명쾌하게 나의 만족스럽고 풍요로운 새 식생활을 설명하지 못했다는 것이 퍽 약이 오른다.

그래도 조금 변명하자면, '고기랑 동물성 식품 말고 뭐 먹고 살아?'는 내 부족한 말재간과는 별개로 짧게 대답하기 정말 쉽지 않은 질문이다. 비건들은 산에 사는 산토끼처럼 인간들과 다른 특별한 것을 먹고 사는 게 아니다. 스테이크, 삼겹살 등 덩어리 고기로만 이루어진 몇몇 메뉴를 제외하면 비건들도 일반식을 하는 사람들만큼 다양한 음식을 먹는다. 가령 일반식을 하는 사람들이 김치볶음밥을 먹는 동안 비건식을 하는 사람들 역시 김치볶음밥을 먹는다. 물론 거기에는 동물성 식품을 넣지 않는다. 하지만 그렇다고 "나는 햄이 들어가지 않은 김치볶음밥을 먹어." 같이 간단히 대답하면 조금 섭섭하다. 들어가야 할 것을 제외했다는 정보만 담겨 있기에 맛의 공백이 느껴지기 때문이다. '햄이 빠진 김치볶음밥'이라니, 어감부터 얼마나 심심한가!

이런 식의 대답은 일반식을 하는 사람에게 비건을 하려

고기 안먹으면
뭐 먹고 살아?

면 신념을 위해 맛의 일부를 기꺼이 포기해야 하는 것으로 오해하게 만든다. 하지만 그건 결코 사실이 아니다. 비건 식생활이란 동물성 식품을 배제하는 것일 뿐, 맛까지 포기할 필요도 없고, 포기하지도 않는다.

° 저도 김치볶음밥을 먹어요, 그런데…

우선 버섯(새송이나 팽이, 표고 다 좋다. 단, 느타리는 수분이 많은 편이므로 꽤 오래 볶아야 한다.) 뿌듯하게 한 줌과 대파 두어 대, 마늘은 좋아하는 만큼 준비한다. 버섯은 결을 살려 찢고, 대파의 흰 부분은 송송, 푸른 부분은 큼직하게 어슷썰기를 한다. 마늘은 편으로 썰어둔다.

팬에 기름을 두르고 바닥이 달아오르면 버섯, 대파, 마늘을 넣고 센 불에 수분을 날리며 볶는다. 냉장고에 양파나 부추가 있다면 조금 썰어 넣고 같이 볶아도 좋다. 어느 정도 수분이 날아갔을 때 '백설표 돼지불고기 양념(브랜드까지 구체적으로 소개한 이유는 이 양념이 의외로 비건이기 때문!)'을 한 스푼 넣고 계속 볶는다.

시간이 지나면 재료들이 지글거리며 매콤달콤한 버섯 두루치기 같은 모습이 된다. 이윽고 버섯이 졸아들고 채소들이 팬에 살짝 눌어붙으면서 감칠맛 나는 냄새가 진동하기 시작한다. 이제 불을 끄고 집게와 가위로 버섯과 채소를 사정없이 잘게 잘라준다. 어디서 많이 본 모습이라고? 맞다. 두루치기 집 후식 볶음밥에서 착안한 요리법이다.

대파와 마늘이 듬뿍 들어간 세미(semi) 버섯 두루치기로 팬 속의 감칠맛을 끌어올린 후에야 비로소 김치가 등장한다. 잘게 썬 김치를 팬에 투하한다. 이때 비정제 설탕을 좀 넣으면 김치의 신맛에 어울리는 단맛이 난다. 김치에 투명하고 짙은 주황빛이 돌 때까지 인내심을 갖고 오래 볶다가 맛있는 볶음이 완성되면 불을 끈다. 그리고 고슬고슬하게 지은 밥을 넣고 천천히 시간을 들여 고루 섞는다. 밥과 재료가 충분히 섞였으면 이제 다시 불을 켜고 볶는다. 비건 지향을 하기 전에는 굴소스를 넣어 간을 맞췄는데 이제는 간장으로 대신한다.

이제 마지막으로 비장의 재료 '김'을 넣는다. 생김을 살짝 구워 바스락바스락 부수어 올리는 것이다. 김가루를 넣는 순간 바다의 깊은 감칠맛이 볶음밥에 더해진다. 동물성인 굴소스가 전혀 부럽지 않은 순간이다.

뒤적거려서 김가루와 볶음밥을 섞어준 후 가스 불을 끄고 마지막으로 참기름을 또르르 두르면 진짜 완성이다.

"저, 이런 거 먹고 살거든요."

난 사실 이런 TMI 가득한 대답을 하고 싶어서 첫마디를 어떻게 시작할지 공들여 고르고 있었던 것이다. 그러니 '고기 안 먹으면 뭘 먹어?'라는 질문을 받을 때마다 머리를 굴리며 고민하던 사이에 이미 화제가 넘어가 버리곤 했던 건, 어쩌면 당연한 일일지도 모르겠다.

고대기 끝에서 만난, 들깨 감자 미역국

그날 아침 식탁엔 모처럼 남편이 차려준 아침상이 있었다. 소고기가 큼직하게 들어간 미역국과 밥, 김치의 단출한 차림이었다. 결혼하고 처음으로 맞은 내 생일이었다. 전날 저녁에 남편이 갑자기 장을 봐 오고 밤이 깊도록 부엌에서 무언가가 오래 끓더니 이거였구나. 모락모락 김이 오르는 미역국을 한 숟갈 떠서 맛봤는데 뜨끈하고 기름진 맛이 제법 훌륭했다. 국에 밥을 말고 소고기를 꼭꼭 씹어 먹으며 내 마음에도 따끈하게 온기가 돌았다.

그렇게 아침밥을 먹고 설거지와 부엌 정리를 하는데 분리수거함을 보고 작게 한숨이 나왔다. 소고기를 담았던 납작한 스티로폼 트레이에는 핏기가 남아 말라붙어 있었고 뜯겨진 랩도 여전히 붙어 있었다. 다시 꺼내서 랩을 분리하고 물로 헹궈 스티로폼 트레이에 묻은 핏물을 닦아 냈다. 핏기는 금세 지워졌지만 트레이 위에는 절대 지워지지 않는 선명한 빨간색의 격자무늬가 남아 있었다. 왠지 이래야 할 것 같아서 깔끔하게 정리하긴 했지만, 알아보니 스티로폼은 오로지 '흰색'만 재활용된다고 한다. 재활용 업체들이 흰색 스티로폼만 취급하고 유색 스티로폼은 기피하기 때문이다.● PVC 소재인 랩 역시 재활용이 안 되기 때문에 일반 쓰레기로 배출해야 한다. 결국 애쓴 보람도 없이 그날의 스티로폼 트레이도, 랩도 그저 쓰레기가 되고 말았다.

° 제로웨이스트 vs 정육점

제로웨이스트를 시작하고 몇 해가 지나며 장을 보는 것에 능숙해졌지만 그래도 여전히 어려운 것들이 있었다. 그 중 최고봉은 단연 '고기 사기'였다. 채소나 과일은 재래시장을 돌아다니며 무포장으로 구입하거나 종이 포장으로만 택배를 받는 것도 가능했고 파스타, 카레같이 오래 보관할 수

● '회색 스티로폼 재활용 된다 vs 안 된다', 문화저널, 2019.08.30.

있는 가공식품은 식자재 마트를 찾아가서 식당용 벌크 제품을 구입해 쓰레기를 줄이는 요령도 생겼다. 하지만 고기를 사는 건 꽤 오랫동안 나를 힘들게 했다.

처음에는 순진하게 통을 준비해서 정육점을 방문했다. 정육점 진열대에는 이미 스티로폼과 랩으로 곱게 소분 포장된 제품들이 진열되어 있었는데 나는 깜찍하게도 고기를 통에 담아서 사고 싶다고 말했다. 그리고 일은 정말 순식간에 벌어졌다. 나는 사장님이 이미 포장된 고기의 랩을 시원스레 찢어서 내 통에 옮겨 담아 주는 광경을 입만 벌린 채 바라봤다.

'아, 그게 아닌데….'

이미 일어난 일을 되돌릴 수도 없으니 혀끝에 맴도는 말을 꿀꺽 삼키고 그저 계산하고 나왔다. 입맛이 썼다. 나의 완벽한 1패였다.

다음엔 같은 실수를 하지 않고자 정육점을 신중하게 선택하기로 했다. 내가 사는 동네에는 꽤 큰 규모의 재래시장이 있는데 미리 포장해 놓지 않는 정육점을 찾기 위해 그 넓은 시장을 꼬박 한 바퀴 정찰했다. 하지만 미리 포장된 고기가 없는 정육점은 단 한 곳도 없었다. 또 나의 패배.

이번에는 전략을 바꿔 통부터 내밀지 않고 정육점 사장님께 질문을 먼저 했다. 혹시 포장 안 된 덩어리 고기를 잘라 주실 수 있냐고. 그런데 내 말을 이미 포장된 고기보다 더 신선한 고기를 찾는 의도라고 오해한 그분은 좀 언짢은 기색으로 '이것들도 방금 썬 거라서 다 신선하다.'고 답했다. 그게 아니고요, 쓰레기가 어쩌고, 비닐이 어쩌고 설명을 시도해 봤지만 이미 썰어서 포장한 고기를 팔기 전에는 새로 썰지 않는다는 차가운 대답만 돌아왔다. 그 말도 나름대로 일리가 있다. 낙담한 나는 될 대로 돼라 하는 마음으로 포장된 국거리 중 하나를 골랐고 썰어드리냐는 사장님 말씀에 반사적으로 고개를 끄덕였다. 그러자 사장님은 순식간에 포장된 랩을 뜯고 고기를 꺼내 빠르게 썰었다. 그다음, 손이 번개 같은 속도로 새로운 비닐로 향하자 나는 그제야 무슨 일이 일어날지 직감하고 다급하게 외쳤다.

"아니요! 비닐 말고 여기 담아 주세요."

사장님의 손길이 비닐 앞에서 딱 멈췄다. 다행이었다. 원래 의도에서는 좀 많이 벗어났지만, 아무튼 나는 고기를 내 통에 담아왔다. 집으로 돌아오는 내내, 나는 내가 비닐을 아낀 게 맞는지 아닌지에 대해 고민했다.

인터넷에서 본 남들의 제로웨이스트 후기에는 동네 정육점에 통을 가져가면 친절히 담아 주셨다는 내용도 많았는데 나는 개인적으로 고기와 합이 좋지 않았다. 아주 가끔은 비닐 없이 고기 구입에 성공했지만, 맘 편한 단골 정육점을 만드는 데는 끝내 실패했다.

언젠가는 책에서 '생명'이 아닌 '고기'로 태어나 사육당하다가 짧은 생을 마치는 가축들의 가슴 아픈 이야기를 읽었다. 그래도 감히 '고기님'을 끊을 결심까지 이르지는 못하고 소위 '동물 복지' 조건 하에 생산된 고기라도 먹어볼까 기웃거렸는데 그 마크를 훈장처럼 단 고기는 더 철저히 플라스틱 성에 감싸여 있기에 제로웨이스터에게는 난공불락(難攻不落), 그림의 떡일 뿐이었다.

환경을 오염시키고 싶지 않아서 시작한 제로웨이스트인데, 쓰레기 없이 산 고기에는 가축들의 불행이 녹아 있고, 조금이나마 가축을 편하게 해줬다는 고기에는 플라스틱이 귀족 아가씨를 보호하는 샤프롱마냥 졸졸 따라오는 상황 속에서 나는 번민하다 지쳐 피곤해져 버렸다. 아마 그때부터였을 것이다. 그 맛있는 고기가 귀찮게 느껴지기 시작한 것은.

° 고기 없이도 고소한 미역국이 가능할까?

다시 미역국 이야기로 돌아가서, 3n년 동안 살면서 내게 미역국은 곧 소고기가 듬뿍 들어가 국물에 기름이 동동 뜬, 고소한 미역국이었다. 가끔은 사골로 우려낸 뽀얀 국물로 끓인 미역국이나 겨울철 홍합을 넣어 끓인 미역국 따위의 변주를 즐기기도 했지만, 그래도 역시 소고기미역국이 제일이라고 철석같이 믿고 살았다. 그런데 고기를 사는 게 귀찮아서 이런저런 메뉴에서 고기를 빼는 실험(고기 없는 잡채, 육개장 대신 채개장, 두부와 김치, 채소로 직접 빚은 채소 만두 등)이 이어지던 나날, 문득 이런 생각이 딱 떠올랐다.

'고기를 빼고 미역국을 끓여봐?'

그리곤 바로 휴대폰을 들고 요리조리 검색해 보는데 눈에 딱 들어오는 키워드가 있었다.

들깻가루

보자마자 잘 어울릴 거란 직감이 왔고, 바로 실행에 옮겼다.

과연 그 결과는? 미역에서 우러난 감칠맛과 들깻가루의 고소함이 잘 어울리기는 하는데 건더기가 미역밖에 없어서 그런지 솔직히 좀 심심했다. 고기를 빼도 워낙 다양한 채소의 맛이 빈 곳을 살뜰히 채워주는 잡채나 만두, 채개장과 달리 들깨 미역국은 심플한 재료 구성 탓인지 기대보다 좀 밋밋한 맛이었다. 하지만 그 후에도 고기 사기가 귀찮은 내 고태기(고기 권태기)는 이어졌고 어느 날 드디어 문제 해결의 실마리를 찾았다. 들깨 칼국수에 감자가 들어가는 것에서 착안해서 들깨 미역국에도 감자를 넣어 보기로 한 것이다. 그렇게 탄생한 메뉴가 바로 '들깨 감자 미역국'이다.

냄비에 들기름을 충분히 두르고 바닥을 달군다. 불려서 자른 미역과 다진 마늘 한 숟갈을 넣고 나무 주걱으로 볶는다.(오래 볶을수록 왠지 더 맛있어지는 느낌이다.) 충분히 볶은 미역에 쌀뜨물을 붓는데, 이때의 작은 팁은 한 번에 다 붓지 않는 것이다. 3분의 1만 자작하게 부어서 국물이 한소끔 끓어오르면 또 3분의 1을 추가하는 식으로 몇 번에 걸쳐 쌀뜨물을 부어 주면 국물이 더욱 뽀얗게 우러난다. 감자는 된장찌개에 들어가는 정도의 크기로 썰어서 끓는 국물에 넣고, 마지막으로 들깻가루도 넉넉히 넣어 끓인다. 참, 간은 국간장만으로 심플하게! 한다.

"(김혜자 할머니 목소리로 빙의해서) 그래, 이 맛이야!"

완성된 들깨 감자 미역국을 맛보고 나는 단전으로부터

끓어오르는 감탄을 담아 포효(?)했다. 푹 끓여 보드라운 미역은 호로록 넘어가고 포실한 여름 감자는 입에 넣으면 씹을 새도 없이 혀끝에서 부서졌다. 딱 보기에도 진한 국물을 한 모금 맛보니 역시 완벽한 진국이었다.

소고기미역국의 고소한 맛은 고기에 붙어 있는 지방이 원천이다. 비록 혀끝에서는 즐겁지만, 몸에 들어가면 돌변해서 혈관에 들러붙는 불청객 포화지방인 건 함정. 반면 이 미역국 맛의 원천은 다르다. 들기름과 들깻가루에 포함된 지방은 불포화지방인 동시에 몸에 이로운 오메가3의 보고다. 혀끝에 기름진 맛 특유의 즐거움을 선사하지만, 몸에 부담은 주지 않는다. 거기다 본디부터 한 가족인 양 정답게 어울리는 미역, 들깨, 감자의 환상 케미까지! 넉넉히 한 그릇 덜어 국물까지 싹 비우고 나니 콧잔등까지 송골송골 땀이 맺혔다. 앞으로 미역국은 이 레시피로 정착이다.

° 비건은 제로웨이스트에 꼭 맞는 퍼즐조각이었어

쓰레기 없이 고기를 사기 귀찮다는 이유로 시작된 나의 고태기는 그 후로도 반년 남짓 지리하게 이어졌다. 가끔 기회가 되면 고기를 먹기도 했지만, 전처럼 마냥 즐겁지 않고 대신 묘한 감정이 물방울처럼 동그랗게 맺혔다. 그것은 한 방울, 한 방울 아래로 똑똑 떨어지며 마음에 고여갔다.

위태롭게 봉긋해지며 버티던 수면에 마지막 한 방울이 떨어지는 순간, 다 무너지며 주르륵 넘쳐흐르는 그런 때가 있다. 모든 의문과 지루함을 기어코 터트려 흘러내리게 만든 마지막 한 방울은 한 권의 책이었다.

《사랑할까, 먹을까》라는 제목의 책을 만난 후, 나는 내 삶에서 의도적으로 고기와 동물성 식품을 배제하기로 했다. 그렇게 나의 비건 지향 인생이 시작됐다.

> 나는 확신한다. 언젠가는 이렇게 말할 날이 올 것이다. "한때는 우리가 인간처럼 숨 쉬고 느끼는 생명들을 단지 인간이 아니라는 이유로 시계태엽 장치처럼 대했던 시절이 있었지"라고.
>
> _《사랑할까, 먹을까》 중에서

비건은 채식의 여러 단계 중 프루테리언 다음으로 가장 엄격한 단계다. 고기뿐 아니라 해산물, 우유, 치즈, 버터, 달걀, 심지어 꿀과 가죽까지 모든 동물성 식품과 제품을 거절한다. 내가 무심코 먹던 먹거리들이 어디서 어떻게 왔는지 더이상 외면하지 않기로 했다. 그걸 얻는 과정에서 동물을 얼마나 인위적으로 번식시키고 성장시키며 그 과정에서 얼마만큼의 고통이 발생하는지, 얼마만큼의 탄소가 배출되는지 알게 되자 예전처럼 모두 골고루 입에 넣을 수 없었다.

이렇게 내 고태기는 끝났다. 그리고 비건 지향이 시작됐다. '시작하기 전에 겁부터 집어먹고 떨었는데 막상 해보니 쉬웠다….'고 이야기하고 싶지만, 솔직히 쉽지 않았다. 심지어 나는 제로웨이스트에 비건을 더한 '제비'를 지향하고 있기에 삶의 제약은 배로 늘었고 골치는 제곱으로 더 아파졌다. '남들처럼 무난하게 살기는 텄다.'는 직감이 왔다.

그래도 그 불편함을 상쇄하는 좋은 점도 있노라고 외치고 싶다. 더는 친절한 정육점을 찾아 헤매거나 동물 복지 마크를 단 채 플라스틱으로 감싸인 도도한 고기 앞에 작아지지 않아도 되니 제로웨이스트 라이프가 한결 심플해졌다. 한편, 비건 생활을 하면서도 흰 밀가루나 감자칩같이 몸에 좋지 않은 가공식품만 먹는 것을 '정크 푸드 비건(Junk Food Vegan)'이라 부르는데 비닐 포장 때문에 가공식품과는 거리를 두고 사는 제로웨이스터로서는 이런 유혹에 빠질 일도 없으니 얼마나 좋은가!

제로웨이스트와 비건 둘이 만나자 잠시 떨어져 있던 퍼

즐 조각이 짝을 만난 것처럼 꼭 맞아떨어진다. 둘이 허용하는 교집합은 '비닐과 배송 없이 구할 수 있는 가공 안 된 비(非)동물성 식품'이다. 과일, 잎채소, 줄기채소, 뿌리채소, 견과류, 곡물, 버섯 등 건강한 선택지만 남겨진 셈이다. 덕분에 나는 강제로(?) 자연에 가까운 식사를 하게 됐으며 제철 채소가 맛도 영양도 꽉 차 있는 각별한 별미라는 걸 비교적 이른 나이에 깨달아 계절마다 다채로운 미식을 즐기는 호사를 누리고 있다.

내 세포들도 제비를 좋아하는 것이 확실하다. 소화가 늘 잘 돼서 옛날처럼 위를 부여잡고 끅끅대는 일이 없어졌으며 가끔 아침 첫 소변이 탁했던 증상도 싹 사라진 걸 보면.

처음에는 지구 환경을 위해 시작한 제비이지만, 기대치 않게 내 몸을 살리는 좋은 점을 계속 발견하고 있으니, 어때요? 꽤 괜찮아 보이지 않나요?

생각이 너무 많아질 때 만드는, 무국적 카레

사람마다 '멍하게 있는 것'에 대한 정의가 다를 수 있다는 걸 얼마 전에서야 알았다. 누군가는 멍하게 있을 때 정말 아무 생각도 하지 않고, 누군가는 멍하게 있을 때 속으로 오만가지 잡생각을 한다. 당신은 어느 쪽인가? 나는 조금의 고민도 없이 바로 답할 수 있다. 후자라고.

나는 생각이 많다. 그냥 많은 정도가 아니라 '정말' 많다. 자는 시간을 제외하고는 걸을 때도 먹을 때도 누가 곁에 있을 때도 머릿속 생각이 꼬리에 꼬리를 물고 이어지곤 한다. 아니, 이런저런 꿈을 자주, 많이 꾸는 걸 보면 잘 때조차 생각은 계속 꿈으로 상영되는 걸지도 모르겠다.

나의 에너지를 좀먹고 피곤하게 만드는 것이 다름 아닌

그 '생각'이라는 사실을, 십여 년 전 한 권의 책을 읽고 알았다.

> 정신과 환자뿐만 아니라 정신적인 고통이 많은 사람을 봐도 생각이 많다. 정신적인 고통이나 문제는 생각과 밀접한 관계가 있다. 사실 우리가 힘들어하는 것이나, '이것은 내가 죽기 전에는 벗어나기 힘들 거야' 하며 생각하는 것이나, 콤플렉스로 생각하는 것도 자세히 보면 생각을 많이 한 것이다. 생각을 많이 하지 않고는 그렇게 될 수 없다. 그것에 관한 생각을 줄이면 거기서 벗어난다.
>
> _《정신과 의사가 들려주는 생각 사용 설명서》 중에서

책에 따르면 '마음은 동시에 두 곳으로 갈 수 없다는 속성을 가지고 있다.'고 한다. 생각이란 주로 과거나 미래로 마음이 간 것이다. 그러므로 마음이 생각을 따라가 버리면 내 몸은 현재에 있으나 사실 현재에 있지 않은 상태가 된다. 그리고 허깨비와 다름없는 불필요한 걱정에 잠식당하며 살게 된다.

그럼 그 생각을 멈추려면 어떻게 해야 할까? 저자는 '알

아차림'이 생각을 다스리는 첫걸음이라고 역설한다. 무심코 생각이 떠오르면 그걸 따라가는 것이 아니라 '생각이 났구나'라고 알아차리면 그 순간 생각은 사라진다고 한다. 자꾸 생각이 떠올라서 힘들다면 들숨과 날숨, 즉 숨을 들이쉬고 내쉬는 코끝의 행동에만 집중하여 생각을 물리치는 호흡명상을 해보라는 해결책도 제시되어 있었다.

책을 읽은 지 꽤 오래 지났지만, 여전히 내 속에 생각은 너무 많고 명상은 어렵다. 그래도 책 속의 가르침만은 잊지 않았다. 끝없이 이어지는 생각을 무심코 따라가다가도 어느 순간 정신을 차리고 알아차림을 통해 빠져나온다든가 생각으로 혼탁한 마음을 다스리고자 종종 들숨과 날숨에만 집중하는 간단한 명상을 시도해 보기도 한다.

그런데 그런 온건한 방법으로는 도저히 생각에 저항할 수 없는 때가 있다. 학교에서 안 좋은 일이 생겼을 때, 인간관계가 뜻대로 안 돼 스트레스를 많이 받았을 때의 생각은 댐을 터뜨리는 흉포한 검은 물처럼 기세가 대단해서 나를 그대로 휩쓸어 버린다. 과거에 대한 후회, 미래에 대한 걱정 따위에 휩싸여 몸을 웅크리고 한동안 끙끙대던 나는 '이 괴로움으로는 아무런 문제도 해결할 수 없다'고 되뇐다. 인제 그만 생각을 물리쳐야 할 때다. 그럴 때 나는 일어나서 '카레'를 만든다.

◦ 왜 하필 카레냐고?

왜 하필 카레냐고? 내가 할 줄 아는 요리 중 가장 복잡한 요리가 카레라서 그렇다. 문장으로 써보니 훨씬 더 부끄럽지만, 아무튼 사실이다.

머릿속이 산란할 때 몸을 움직여서 바쁘게 만드는 건 확실한 도움이 된다. 만약에 내가 더 복잡한 요리를 할 줄 알았다면 그 요리를 했을 것이다.

내가 요리를 잘 못하는 건 사실이지만 그래도 변명을 좀 해보자면, 내가 만드는 카레는 평범한 카레가 아니긴 하다. 조금 더 수고롭고 조금 더 특별하게 만들어야 한다.

앞에서 언급했듯, 본격적으로 비건 지향을 시작하기 전부터 오랫동안 고태기(고기 권태기)를 느끼며 요리에서 하나둘 고기를 빼는 실험을 했었다. 그중의 하나가 카레였다. 고기를 덜어낸 그 자리 이상으로 맛을 채우고자 실험적인 시도들이 이어졌고 결론적으로 그 모든 시도가 합쳐졌을 때 고기 없이도 맛있는 카레가 탄생했다. 이 포용력! 카레가 진정 멋진 음식인 이유다.

° 지금부터 끝내주는 비건 카레를 만들 거예요. 물안경부터 꺼내세요

가장 먼저 양파를 손질한다. 한 손에 뿌듯하게 잡히는 큼직한 것으로는 두 개, 작은 것으로는 세 개쯤 필요하다. 예전에 어떤 에세이에서 '양파를 손질하며 그 껍질이 손에 닿는 감각을 느끼며 자연과 교감한다.'는 맥락의 문장을 읽은 적 있는데 나는 그 작가님이 진짜 양파를 손질해본 적 있는지 의심했을 만큼 양파 손질하는 것이 싫다. 비쩍 마른 껍질에는 먼지가 묻어 있고 벗기다 보면 바스러져서 조각조각 떼어내야 할 때도 있다. 게다가 잘못 마른 양파는 한 꺼풀 벗기면 속이 검게 썩어 있는 걸 발견하고 식겁할 때도 있다.

껍질을 다 벗겨내도 고난은 끝나지 않는다. 무라카미 하루키는 작가가 되기 전 '피터 캣'이라는 바의 오너였다. 메뉴에 있던 롤 캐비지를 만들기 위해 어마어마한 양파를 썰었고 그때 숙련된 덕분에 지금도 양파를 썰 때 눈물을 흘리지 않는다고 하지만, 나의 경우는 아니다. 시간이 지나도, 여러 번 해 봐도 양파 썰기는 익숙해지지 않는다. 의기양양 시작하다가 종국에는 벌게진 눈으로 흐느끼며 양파 썰기를 몇 년, 이제는 더이상 울지 않는다. 대신 부엌 서랍에 넣어 둔 물안경을 꺼내서 장착한다.

양파를 썰 때는 다지지 않고 결을 살려 세로로 얇게 썬다. 낡은 물안경을 쓰고 흐릿한 시야 속 손끝에 집중해서 양파를 썰고 있노라면 칼과 나무 도마가 부딪히는 소리만 고요한 부엌에 울려 퍼진다.

양파는 내가 만들 고기 없는 카레의 주인공이다. 다듬는 과정이 싫어도 묵묵히 해야만 하는 이유다.

도마 위에 채 썬 하얀 양파가 수북하게 쌓이면 물안경을 벗고 바닥이 두툼한 스테인리스 냄비를 꺼내 불에 올린다. 코코넛 오일을 두어 스푼 두르고, 그 위로 양파를 쏟으면 달구어진 바닥과 만나 '촤아아!' 경쾌한 소리가 난다.

중간 불을 유지한 채 나무주걱으로 양파를 볶는다. 꽤 오래 볶다 보면 수북했던 양파의 수분이 날아가 부피가 많이 줄어들고 색도 눈에 띄게 노릇해져 있을 것이다. 그래도 아직 더 볶아야 한다. 오래오래 볶아서 진한 갈색이 됐을 때가 최적이지만 인내심이 부족한 나는 그 직전쯤에서 만족하고 타협하는 경우가 더 많다.

부피가 바짝 줄고 투명한 갈색으로 졸아든 양파에서는 근사한 향기가 피어오른다. 그 위로 물을 부으면 캐러멜라이즈 된 양파에서 농축된 감칠맛과 깊은 단맛이 물에 우러나온다. 카레의 베이스가 될 국물이 완성됐다.

이 카레에 어떤 채소가 들어가야 하는지 정답은 없다. 그때마다 냉장고 사정에 따라 넣는다. 하지만 되도록 빠트리지 않으려고 하는 것은 토마토. 토마토가 들어가야 은은한 산미가 돌아서 맛이 섬세해진다. 하지만 토마토를 너무 많이 넣으면 카레가 아닌 토마토 스튜가 되므로 절제의 미학이 필요하다. 그다음으로는 콩이 들어갈 차례. 나는 완두콩, 호랑이콩, 강낭콩 등 여러 종류의 콩을 섞어서 넣곤 하는데 저마다 색과 모양도 예쁘고 포슬하니 식감도 좋다. 브로콜리나 버섯도 저마다 매력을 더해주는 재료다. 단, 감자와 당근은 들어가는 순간 이 특별한 카레를 평범하게 만드는 것 같아 나는 즐겨 넣지 않는다.

모든 재료가 함께 끓어오르고 국물의 맛이 깊어질 때쯤 카레를 넣는다. 나는 마트에 있는 다양한 카레의 성분표를 보고 동물성 성분이 포함되지 않은 일본산 고체 카레를 골랐다. 그런데 우리나라와 일본에서 생산되는 카레들의 성분표를 확인하면 '밀'이라고 적혀 있는 걸 볼 수 있다.

카레에 밀이 왜 들어가는 걸까? 한국과 일본은 카레를 주로 밥에 비벼 먹는 문화이기 때문이다. 밥과 어우러지는 걸쭉한 식감을 내기 위해 카레 베이스를 만들 때 밀가루를 섞는다. 카레를 먹은 후 속이 더부룩하거나 갈증이 난다면

자신도 모르게 밀가루를 많이 섭취해서 그런 것일 수도 있다. 그래서 나는 원래 넣어야 할 양의 절반만 카레 큐브를 넣는다. 그러면 나머지 맛은? 온갖 이국적 향신료가 등장해서 채워줄 예정이다.

내가 가장 좋아하는 향신료는 '큐민(쯔란의 주 재료이기도 한)'이다. 숟가락에 큐민 가루를 수북이 쌓아서 끓는 냄비에 넣는다. 그다음으로는 '코리앤더' 가루를 넣는다. 우리가 '고수'라 부르는 풀의 이파리 부분은 영어로 실란트로, 씨앗은 코리앤더라고 명칭이 구분되어 있다. 호불호가 심하게 갈리는 실란트로와 달리 코리앤더의 풍미는 한결 대중적이다. 이어서 시나몬과 강황 가루도 조금 넣는다. 부족한 간은 소금을 넣고 맛보며 맞추고 마지막으로 비장의 킥(kick), 코코넛 밀크를 취향껏 넣으면 일본에서 시작해 인도로 항해하던 카레가 태국으로 키를 돌린다!

아직 끝나지 않았다. 카레의 맛은 완성됐지만, 밀가루가 적게 들어간 탓에 질감이 묽은 게 아쉽다. 그래서 넣는다. 들.깻.가.루.

갑자기 한국의 들깻가루가 왜 나오냐고? 내가 좋아하는 작가, 짜잔님의 블로그에서 발견한 팁이다. 순항 중이었는데 이번엔 또 한국 방향으로 키를 돌려야 하나 싶어 다들 잠시 우왕좌왕하지만 이윽고 잠잠해진다. 들깻가루를 몇 스푼 카레에 넣었다고 갑자기 카레가 들깨탕이 되는 기적은 일어나지 않기 때문이다. 이국의 향신료와 채소의 압도적인 퍼포먼스 속에서 자신의 맛을 드러내지 않고 단지 걸쭉한 질감만 더해주는 들깨의 겸손함이 빛난다. 물론 영양가만큼은 감히 흰 밀가루 따위가 범접할 수 없다.

완성된 카레를 한 입 맛보고 이 카레의 국적은 무엇일지 생각해본다. 태평양과 인도양 사이 어드메일까. 아니, 이 토마토의 향기는 뭐지? 지중해인가…. 그러니 나는 이 음식을 그저 '무국적 카레'라고 부를 수밖에 없겠다.

고기 없이도 오묘하게 맛있는 이 무국적 카레를 만들기 위해 칼질하고 볶고 휘젓는 동안 생각할 틈도 괴로울 틈도 없었다. 하지만 요리를 끝내고 의자에 앉자 다시금 생각이 시작된다. 카레의 국적 논란이 끝나자마자 기다렸다는 듯이 과거에 대한 후회, 미래에 대한 걱정이 몰려온다.

괴로움에 마음이 울컥 조여들려는 찰나, 생각을 멈추고 다시 현재로, 카레 앞으로 돌아와 한 입 더 먹는다. 카레를 우물거리다가 이번엔 붓다의 가르침이 떠올랐다. 붓다는 생각을 하느니 차라리 자라고 하셨다. 자는 것은 무익한 것이지만 생각하는 것보다는 낫다고 했다. 이윽고 붓다에 관한 생각조차도 저편으로 완전히 몰아낸 채 나는 '지금 여기' 내 앞에 있는 무국적 카레 한 그릇을 온전히 먹기에 집중하기로 한다.

> 걱정을 해서
> 걱정이 없어지면
> 걱정이 없겠네
>
> _티베트 속담

제비가 알려준 제철의 맛, 오이 미역냉국

가장 좋아하는 음식을 딱 하나만 고르라고 하면 늘 '냉면'이었다. 하지만 그 좋아하는 냉면집에 가서 주문하기 전 나는 엄청난 스트레스를 받곤 했다.

'물냉면이냐 비빔냉면이냐 그것이 문제로다!'

옆 동네 짜장면과 짬뽕 사이의 갈등은 짬짜면으로 변증법적 통합을 이루어낸 지 어언 스무 해가 지났는데, 아직도 냉면계는 해묵은 고뇌가 진행 중이라니! 그저 긴 탄식이 나온다.

그렇게 번민하던 나의 선택은 끝내 물냉면인 경우가 많았다. 매콤하니 감칠맛 나는 양념을 야들한 면발에 얹혀 휘감아 먹는 비빔냉면의 매력도 각별하지만 그래도 역시 살얼음 낀 육수부터 시원하게 들이키며 시작할 수 있는 물냉면 쪽이 내 취향이었다.

그랬던 내가 변했다. 환경 파괴를 줄이고 비윤리적인 공장식 축산에 반대하는 의미로 비건을 지향하기로 한 후 소, 닭, 돼지, 양 등 덩어리 고기는 당연하고 달걀, 우유, 치즈, 버터, 생선까지 동물성 식품을 최대한 배제한 식생활을 이어가고 있다. 그런데 하필 최애 음식인 물냉면에도 고기 육수가 들어 있다는 것은 나를 한없이 우울하게 만들었다. 동지섣달 긴긴밤에 임 없이는 살 수 있어도 아침저녁으로 30도는 가볍게 뛰어넘는 이 여름의 한 가운데를 어찌 물냉면 없이 버틸쏘냐.

제로웨이스트에 비건을 얹은 제비가 되리라 당차게 선언은 했지만, 여전히 물냉면에 대한 미련을 놓지 못하던 중, 인터넷에서 충격적인 것을 보고 말았다. 그건 바로 '냉면 다시다'. 물론 파는 냉면 속에 MSG가 좀 들어갔을 건 짐작했었지만 아예 이렇게 대놓고 냉면 전용 다시다가 있을줄은 꿈에도 몰랐다. 어떤 사람이 냉면 다시다로 순식간에 냉면 육수를 만들어 마셔 보곤 유명 냉면집 육수랑 완전 똑같다고 외치는 영상을 본 후 뭐랄까, 내 안에 있던 '물냉면의 순수'가 깨졌다. 내가 여태 좋다고 마시던 그 국물은 고깃국

물에 다시다를 넣은 게 아니라 반대로 다시다 국물에 고기를 잠시 담갔다 뺀 것이었을까? 뒤통수를 한 대 맞은 기분이었다.

MSG가 무조건 나쁘다는 뜻은 아니다. 다만 냉면 다시다의 존재는 내가 줄곧 잊지 못하던 그 맛이 동물의 맛이 아니라 그저 공장에서 나온 화학조미료 맛이었을 수도 있겠다는 데까지 생각을 미치게 했다. 속세의 맛을 향한 애틋한 그리움이 확 식어버리는 순간이었다.

반대로, 입에 대지 않는 음식이 있다면 망설이지 않고 '오이'를 꼽는다. 오이를 싫어하는 사람들의 소모임도 있다하고, 어느 과학자가 밝혀내길 오이를 싫어하는 유전자까지 존재한다던데 그 정도로 거창하고 조직적인 증오는 아니지만 나는 그냥 오이가 싫었다. 하지만 단 하나, 오이냉국 속 오이만큼은 그다지 싫지 않았다. 새콤달콤한 국물 속에서 사각사각한 식감이 퍽 나쁘지 않아서 식당 밑반찬으로 나오면 남기지 않고 먹는 여름 음식이지만 그래도 내 마음속 으뜸, 물냉면에는 감히 댈 수도 없는 초라한 음식이었다.

° 오이 3개가 단돈 1,000원이던 날

이 모든 일의 원인은 긴 장마 없이 매일 쨍하게 더웠던 그 해 여름 날씨다. 7월의 시장은 갈 때마다 뭔가 점점 더 싸지곤 했다. 늘씬한 백오이가 어느 날은 3개 2,000원, 다음 날은 4개 2,000원, 5개 2,000원 이렇게 변하다 기어코 3개 1,000원으로 내려앉은 날, 나는 오이 세 개를 샀다. 그저 그 가격이 너무 쌌고, 내겐 마침 천 원짜리 한 장이 있었고, 미리 포장되어 있지 않아서 쓰레기 없이 살 수 있었기에 한 일종의 충동구매였다.

오이를 사온 날 밤에 어찌할지 몰라 일단 오이 한 개의 3분의 1 정도를 얇고 동그랗게 저며 얼굴에 붙였다. 냉장고에 들어 있다가 갓 나온 오이의 속살은 놀랄 만큼 서늘해서 미지근한 여름밤 온도를 식히는 데 썩 유용했다. 그런데 그 후로도 마땅한 계획이 떠오르지 않아 오이는 하루, 이틀 방치되고 있었다. 곧 오이가 시들해질 것만 같아 마음이 초조해졌다. 그때 내 머릿속에 떠오른 것은 바로 '오이 미역냉국'이었다.

◦ 비건 오이냉국 만들기

큰 반찬통에 물을 1리터 담고 다시마와 말린 표고를 담근 후 냉장고에 하룻밤 둔다. 다음 날 완성된 은은한 갈색 채수에 불린 미역을 잘라 넣고 곱게 채 썬 오이를 넣는다. 둘 다 듬뿍 넣어도 좋다. 다시마와 표고는 꺼내지 않고 그냥 같이 먹으면 맛도 어울리고 건강에도 좋다. 국간장으로 간을 맞추고 식초, 설탕, 매실액, 다진 마늘 한 스푼을 넣어 맛보면서 내가 원하는 그 맛을 찾아가면 된다. 1%의 아쉬움을 해소해 줄 비법으로 식물성 조미료인 '연두'를 쪼르르 넣어도 좋다. 원하는 정도의 새콤, 달콤, 짭쪼롬한 맛에 도착하면 마지막으로 통깨를 좌르르 뿌린다. 그리고 냉장고에서 한두 시간 더 숙성하면 끝!

난생처음 내 손으로 만든 오이 미역냉국을 한 모금 들이켜고 저절로 눈이 감겼다.

"캬, 이 맛이야!"

감탄하곤 곧바로 한 모금 더 마셔본다. 내가 원하는 그 물냉면 육수 맛과 묘하게 닮았으면서도 다르다. 비록 고기는 없지만, 감칠맛이면 남부럽지 않은 다시마, 표고, 미역의 퍼포먼스에 상쾌한 오이 향이 더해진 게 비결이었다. 심지어 만드는 과정도 심플하고 불을 켤 필요도 없다니…. 너무 맛있고 시원해서 하루 만에 냉국 한 통을 다 먹어 버린 나는 곧바로 남은 오이를 모조리 채 썰어서 한 통 더 만들었다.

몇 번 오이 미역냉국에 성공하자 자신감을 얻어 변주를 시도해봤다. 다시마, 표고 채수를 우린 후 오이를 채 썰어 넣는 것까지는 똑같이 하고 미역 대신 푹 익은 김치를 잘게 썰어서 넣었다. 김칫국물 중 맑은 윗부분을 떠서 두어 국자 넣고 휘젓자 먹음직스러운 붉은빛이 돈다. 거기에 국간장, 식초, 매실액, 설탕, 다진 마늘, 통깨를 넣어 좀 간간하게 간을 맞추면? 바로 김치말이 국수 국물이다.

국물을 냉장고에 넣고 이번에는 면을 삶는다. 나는 소면보다 좀 더 씹는 탄력이 좋은 중면을 선택한다. 삶은 면을 체에 밭치고 찬물을 틀어 바락바락 씻은 후 물기를 뺀 뒤, 미리 차갑게 식히고 얼음 띄워 준비해 놓은 국물에 면을 퐁당 넣으면 간단히 김치말이 국수가 완성된다.

새콤달콤 시원한 빨간 국물부터 쪼오옥 들이키면 '크으으…!' 소리가 절로 나온다.

° 제비 덕분에 깨달은 제철 음식의 맛

내 월급 빼고 모든 물가가 오르는 요즘이다. 조그마한 월급으로 꾸리는 살림이지만 큰 걱정 없는 마음으로 살 수 있는 비결은 어쩌다 시작한 제로웨이스트와 비건 속에 있다.

내 가계부 앱에는 오이 3개 1,000원, 감자 한 바구니 2,000원, 양파 한 바구니 3,000원, 주로 이런 것들이 조르르 적혀 있다. 포장 없는 먹을거리를 사려면 늘 재래시장 속 제철 채소 속을 맴돌 수밖에 없다. 먹거리가 넘쳐나는 세상에서 재미없어 보일지 모르지만 제철 채소는 무엇보다도 정말 싸다. 단돈 만 원 한 장, 아니 오천 원 한 장으로도 플렉스를 가능하게 해주기에 나름의 '탕진 잼'도 느낄 수 있다. 압도적인 신선함은 덤이다. 게다가 3개 1,000원에 산 오이로 만든 비건 냉국으로 만 원이 훌쩍 넘는 냉면보다 더 짜릿하고 건강하게 더위를 식히는 이런 즐거움이란! 제비가 아니었다면 몰랐을 행복이다.

얼마 전 절기상 입추가 지났다. 벌써 가을이라니 말도 안 돼, 했지만 신기하게도 그날 이후로 아침저녁 바람의 온도가 달라졌다. 멀리서 천천히, 하지만 분명하게 가을이 다가오고 있다. 눈 속에서 딸기를 구해오던 설화 속 효자의 이야기를 듣고 고개를 갸웃할 정도로 계절감을 잃어버린 현대

사회에 살지만 그래도 제비 덕에 계절의 흐름을 놓치지 않고 따라갈 수 있다.

오이의 가격이 오르고 세 개씩 묶여서 비닐 옷을 입은 풍경이 여름이 가고 완연히 서늘한 계절이 왔다는 것을 알려 준다. 그때는 이미 지나가 버린 여름의 오이를 그리워하는 대신 어디든 무심하게 쌓여 있을 가을의 버섯, 단호박, 연근 따위를 비닐 없이 사 와서 실컷 먹을 예정이다. 가끔 축제 같은 기분을 느끼고 싶을 땐 그것들을 뜨겁고 바싹하게 튀길 수도 있겠다.

사계절 내내 똑같은 모습인 냉면이나 치킨이 정말 시시해지는 순간이다.

가장 힙한 페스토,
가장 쿨한 후무스

'있어야 할 건 다 있고 없을 건 없습니다'라고 노래하던 화개장터 못지않게 우리 동네 재래시장도 흥미로운 장소다. 작은 점포들이 옹기종기 모여 있다고 무시하면 안 된다. 사장님께 말씀만 드리면 어디선가 반드시 쓱 꺼내서 건네주신다. 단, 제철을 잘 맞춰야 한다.

몇 년 전 초여름에 마늘종을 사러 갔다가 더는 국산 마늘종은 나오지 않는 시기라 없다는 대답을 듣고 벙쪘다. 제로웨이스트를 하고 재래시장에 출입한 지 몇 년 된 지금이야 제철 농산물에 꽤 박식한 편이지만 그때는 제철에 대한 감각이 전무한 풋내기였다. 그러고 보니 마늘종이 사라진 자리에 햇마늘 더미가 수북이 쌓여 있었다. 아, 마늘을 수확하고 난 후에는 마늘종이 있을 리가 없구나. 그 당연한 자연의 순서를 새삼 실감하며 주변을 둘러보니 지난 달과는 전혀 다른 채소와 과일들이 보인다.

° 재래시장. 알고보니 트렌드 세터들의 공간이었어!

재래시장은 늘 옛 모습으로 멈춰 있는 올드한 공간이라고 생각했는데 큰 착각이었다. 이곳은 가장 신상에 민감하고 지난 것은 가차 없이 치워 버리는 '프레타포르테 런웨이'다. 게다가 오로지 한정판만 짧게 취급한다. 손님들은 그 흐름을 놓치지 않고 따라가야 가장 신선한 채소와 과일을 살 수 있다. S/S시즌으로 쫙 깔린 매대에서 지나간 F/W시즌을 찾고 있는 것만큼 촌스러운 애티튜드는 없으니까.

재래시장에는 가끔씩 팝업 스토어도 생겼다 사라진다. 나를 가장 안달나게 만드는 팝업 스토어는 단연 김 가게. 시장 안 떡볶이집 옆에 한 평 정도 빈 곳이 있는데 김이 제철인 동절기에만, 그것도 부정기적으로 그 가게가 나타난다. 나이 지긋한 할아버지께서 비닐 포장 없이 김을 늘어 놓고 파시는데 김 종류가 무려 열 가지도 넘는다. 정말 다 다른 종류냐고, 맛도 모두 다르냐고 여쭤보니 "그렇다."는 짧은 대답만 돌아왔다.

어디서 들어본 게 기억나서 '혹시 곱창김도 있느냐?'고 여쭤봤더니 줄곧 무표정이던 할아버지의 눈썹이 한 번 꿈틀한다. '김 좀 먹어본 사람이 왔군.'이라고 하듯 서로 비밀을 공유한 사람들 특유의 눈짓을 쓱 주시더니 가게 뒤로 가셨다가 이윽고 노끈으로 묶인 두툼한 김 뭉치를 들고 오셨다. 교과서에서나 봤던 김 한 톳, 즉 100장이다. 그렇게 비닐 없이 김을 사는 데 성공하고 집에 들고 와서 그 맛을 봤는데…. 인간적으로 너무 심하게 맛있는 거다. 언제 다 먹나 염려했던 것이 우스울 만큼 한 톳이나 되는 김을 금방 다 먹어버렸다. 지금도 시장에 갈 때마다 한 번씩 떡볶이집 옆을 체크하며 김 할아버지의 팝업 스토어를 애타게 기다리고 있다.

참기름과 들기름을 눈 앞에서 바로 짜서 파는 팝업 스토어도 있다. 비정기적으로 어떤 부부가 찾아와서 시장 한 편에 조그맣게 노점을 연다. 기계에 깨를 넣으면 아래에 놓인 병에 기름이 똑똑 떨어지고 다른 한쪽으로는 깻묵이 나오는 신기한 풍경을 목격하고 당장 집으로 뛰어가 준비물을 가지고 다시 왔다. 깨끗하게 씻어둔 유리병 두 개를 내밀어 참기름과 들기름을 한 병씩 담아 왔는데 갓 짜낸 기름은 정말 따끈했다. 설마 기름까지 제로웨이스트로 구입할 수 있을 거라고는 기대하지 않았는데 재래시장의 잠재력을 두 눈으로 확인하며 가슴이 웅장해졌다.

° 재래시장에도 없는 건 없답니다

하지만 이렇게 엄청난 재래시장에도 없는 것이 있다. 바야흐로 세계화 시대, 마음만 먹으면 하루 안에 지구 반대 방향까지 날아갈 수도 있고, 굳이 비행기로 탄소 배출을 하지 않더라도 이미 한국에는 전 세계 미식을 즐길 수 있는 식당이 즐비하다. 특히 피자나 파스타 같은 이탈리아 음식은 '명예 한식'이라고 불릴 만큼 흔하고 가정에서도 많이 요리한다. 그런데도 재래시장 채소 가게에 아직 서양 채소가 없다는 건 너무 아쉽다. 좀 시간이 흐르면 바뀌려나 기대도 해봤지만 4년이 훌쩍 넘게 지난 지금도 재래시장에 루꼴라 한 근 2,000원, 바질 한 근 3,000원 이렇게 적혀 있는 풍경은 볼 수 없었다.

나도 물론 알고 있다. 대형마트 특수 채소 코너에 가면 온갖 서양 채소를 살 수 있다는 것을. 그런데 그런 곳은 불면 날아갈 듯 한 줌밖에 안되는 양을 단단한 플라스틱에 넣어서 비싼 가격을 붙여 판매한다. 그렇다면 인터넷으로는 원하는 양만큼 넉넉히 살 수 있을까? 혹시나 싶어 판매자에게 Q&A 탭을 통해 '비닐을 빼고 받을 수 있나요?' 질문을 남겨 봤지만 안 된다는 답만 돌아왔다. 비닐 없이는 잎채소가 배송 중 시들 수 있다고 한다. 게다가 더운 여름에는 그 시드는 속도에 가속이 붙기에 여름에 잎채소를 시키면 하얀 스티로폼과 아이스팩이 따라온다. 그럼 반대로 겨울에 시킨다면? 아이스팩은 안 받을 수 있겠지만 대신 전기와 석유를 들여 억지로 키운 제철 아닌 채소를 받게 된다. 크아아, 딜레마 속에서 두 손으로 머리카락을 움켜쥐고 괴로워했다. 이 정도면 내가 얼마나 진심으로 번민했었는지 전달됐으려나?

그러다 어느 날 문제 해결의 실마리를 발견했다. 온갖 정보가 범람하는 인터넷 세상을 유영하다가 '깻잎 페스토'를 발견한 것이다. 그 순간 가슴에 한줄기 초록색 바람이 훑고 지나갔다.

페스토는 이탈리아 북부 제노바 지방의 소스로, '빻는다'라는 뜻을 가진 이탈리아어 페스타레(pestare)의 제노바 방언 페스타(pestâ)에서 그 이름이 비롯됐다. 가열하지 않은 푸른 잎을 여러 재료와 함께 절구에 콩콩 찧어서 만드는데 바질을 이용하는 경우가 많아서 '페스토'라고 하면 으레 바질 페스토로 통한다.

그런데 그걸 깻잎으로 대체할 수 있다고? 나는 깻잎을 정말 좋아한다. 내가 만약 영화 <사운드 오브 뮤직>의 줄리 앤드루스였다면 'My favorite things'에 분명 깻잎을 넣어 노래했을 것이다. 깻잎을 사랑하는 건 나뿐만이 아닌지 초여름부터 늦가을까지 재래시장에는 어디든 깻잎이 흔하게 넘친다. 당장 재래시장 단골 가게로 달려가서 면 주머니를 내밀었다.

"여기에 깻잎 2,000원어치 담아 주세요."

쓰레기 없이 바질을 구하고자 그토록 번민하고, 심지어 마르쉐 장터에 가서 종이 화분에 담긴 바질 모종을 사서 키우기까지 했던 나였다. 그 화분을 잘 키워서 잡아먹으려고 열과 성을 다했으나 잡아먹기는커녕, 마지막 잎새처럼 하루하루 애닯게 바라보며 상전처럼 모셔야 했다. 그에 비해 깻잎을 구하는 건, 허무하리만치 쉬웠다.

바질이 깻잎으로 대체되었을 뿐 만드는 방법은 같다. 깻잎을 씻어서 적당하게 숭덩숭덩 자르고 물기를 제거한다. 그걸 믹서에 넣고 소금, 다진 마늘, 잣이나 아몬드 같은 집에 있는 견과류를 볶아 넣은 후 그 위에 올리브 오일을 아낌

없이 콸콸 붓는다. 그리고 갈아 준다. 한 번 맛을 보고 싱거우면 소금을 더, 되면 오일을 더, 짜거나 묽으면 깻잎을 더 넣으며 내게 가장 적당한 간과 농도를 찾아 나간다.

오리지널 바질 페스토에는 치즈를 갈아서 넣는데 내가 만든 건 비건용 페스토라서 생략했다. 모두가 알다시피 치즈는 우유로 만든다. 그런데 이 우유가 만들어지는 과정에는 우리가 잘 모르는 이면이 있다. 인간은 우유를 얻기 위해 암소에게 강제 임신과 출산을 여러 번 반복하게 한다. 송아지는 젖을 얻는 데 방해가 되므로 태어나자마자 바로 어미와 격리된다. 뽀얗고 고소한 우유 뒤에 숨겨진 젖소들의 비극적인 삶을 알게 되자 나는 우유를 예전처럼 맛있게 먹을 수 없었다.

그렇게 완성한 비건 깻잎 페스토를 가장 맛있게 먹는 방법은? 심심한 빵에 발라서 먹는 것이다. 심심한 빵의 대명사 식빵에도 대부분 우유가 들어가기 때문에 나는 더이상 사지 않는다. 대신 바게트나 치아바타, 포카치아 같은 건 평범한 빵집에서 사도 비건일 확률이 높아서 애용한다. 에어프라이어에 살짝 구운 치아바타에 갓 만든 깻잎 페스토를 발라 한 입 베어 물면, '아, 이 힙한 맛!' 제노바와 충청도의 완벽한 콜라보레이션이다.

이집트와 중동 지역에서 흔하게 먹는 '후무스'라는 음식도 있다. 병아리콩을 뜻하는 아랍어에서 유래한 이름처럼 병아리콩을 삶고 으깨고 여러 향신료로 간을 해서 만든다. 인터넷 검색창에 '후무스 레시피'라고 입력하면 다양한 포스팅이 뜬다. 몇 개 살펴보니 만드는 방법은 전혀 어렵지 않아 보였다. 재료도 간단했다.

올리브 오일, 마늘, 레몬주스, 소금, 후추. 이것들은 집에 늘 있으니까 됐고 '타하니 소스'라는 것이 들어갔는데 참깨로 대체할 수 있다고 한다. 그럼 참깨도 집에 있으니까 해결됐고, 추가로 큐민이랑 코리앤더 가루를 넣으면 좋다는데 카레를 자주 만들어 먹는 내 부엌에 그 정도 향신료는 당연히 있다. 문제는 시중에 파는 병아리콩이 다 비닐로 포장된 외국산이라는 것이다. 하지만 이미 깻잎 페스토로 재료의 현지화에 성공했던 나는 이번에도 파격적인 콜라보를 기획했다. 바로 '메주콩 후무스'다.

백태, 대두, 메주콩, 두부콩. 이 모든 이름은 한 종류의 콩을 가리키는 말이다. 작고 동그란 모양에 연한 노란색을 띤 메주콩은 된장으로, 간장으로, 두부로, 두유로 한국인의 밥상과 가장 가까운 바로 그 콩이다. 빛깔과 생김새도 병아리콩과 어딘가 많이 닮아서 분명 성공할 것 같은 근거 없는 자신감이 솟았다.

재래시장에서 비닐 없이 사 온 메주콩을 하룻밤 물에 불린다. 아침에 통통하게 커진 콩들을 건져내어 냄비에 와르르 넣고 끓인다. 삶은 콩이 식으면 한 국자 떠서 믹서에 넣고 올리브 오일 한 컵, 소금, 레몬주스, 후추, 다진 마늘, 큐민, 코리앤더를 넣고 다 함께 간다. 되직해서 잘 갈아지지 않으면 콩 삶은 물을 조금씩 추가하며 갈면 된다. 중간중간 간을 보면서 소금과 향신료들을 적절히 추가했다.

완성된 메주콩 후무스를 한 숟갈 떠서 맛봤다. 짭조름하니 진하고 고소한 콩 맛에 올리브 오일의 기름진 맛이 잘 어울렸고 거기에 이국적인 향신료의 풍미까지 더해져서 정말 깜짝 놀랄 만큼 맛있었다.

깻잎 페스토가 한여름에 기운을 북돋아 줄 맛이었다면 이 메주콩 후무스는 쌀쌀한 바람이 부는 계절에 속을 든든하게 만들어 줄 그런 맛이다. 샌드위치를 만들 때 치즈를 넣지 않고 메주콩 후무스를 한 겹 발랐더니 그 고소함과 감칠맛을 훌륭히 대체했다.

◦ '푸드 마일리지'는 마이너스, '힙함'은 플러스

유명 쉐프이자 작가인 박찬일 씨가 인터뷰•에서 한 말 중 인상적인 부분을 옮긴다.

> "기존에는 스테이크 하면 소고기에 아스파라거스를 곁들이고 수입 재료를 쓰는 등 외국 음식을 외국 음식답게 만들었다. 그러나 나는 양식에 우리 재료를 썼다.…(중략)… 맛있는 요리는 재료가 신선해야 한다. 그러려면 산지에서 제철 재료로 만들어야 한다. 그것이 요리의 기본이다."

이탈리아에서 요리 공부를 하고 귀국한 그는 청담동에 있는 한 이탈리안 레스토랑에서 일하면서 양식에는 수입 재료를 써야 한다는 불문율을 깼다. 푸드 마일리지(먹을거리가 생산자 손을 떠나 소비자 식탁에 오르기까지의 이동 거리)가 적은 국내산 제철 식재료를 사용했을 때 가장 맛있고 신선하다는 것이 그의 요리 철학이다. '홍천 찰옥수수찜을 곁

• '≪미식가의 허기≫ 책 낸 B급 주방장 박찬일 펜과 칼로 삶과 인생을 요리하는 셰프', 주간경향, 2017.01.17.

들인 라비올리', '봄 담양 죽순찜 파스타', '능이버섯 소스의 딸리올리나' 등 국산 재료의 산지를 밝히는 그의 메뉴 작명법은 청담동 힙스터들의 마음을 사로잡았고 주변 레스토랑까지 유행처럼 번졌다고 한다.

세계 최고의 레스토랑을 선정하는 미슐랭 가이드에도 필(必)환경 시대에 발맞추어 변화가 생겼다. 2021년부터 '그린 스타'가 신설된 것이다. 제철 식재료 사용, 푸드 마일리지 줄이기, 음식물 쓰레기 줄이기 등 다양한 방법으로 탄소 발생을 줄이고 지속 가능한 미식을 지향하는 레스토랑만이 그린 스타를 받을 수 있다.

내게 청담동과 미슐랭 스타를 받은 레스토랑은 멀지만 대신 재래시장이 있다. 덕분에 내 작은 부엌에서도 얼마든지 외국 음식과 제철 국산 식재료를 대담하게 결합하여 푸드 마일리지를 낮춘 힙하고 쿨한 콜라보레이션이 가능하다.

'초여름 충청도 깻잎으로 만든 페스토'와 '파주에서 온 메주콩으로 만든 후무스'를 성공적으로 론칭한 나의 시즌 콜라보는 무엇이 될까? 사실 이미 정했다. 얼마 전 제철 채소 요리책을 읽다가 토란이 아보카도와 식감이 가장 비슷하다는 문장을 발견하고 메모해뒀다.

'가을 토란으로 만든 과카몰리'는 어떨까? Can't wait!

자연재배 단호박의 난(亂)

유기농 빵집, 유기농 쌀, 유기농 사과, 유기농 면, 유기농 매장….

믿을 수 없는 먹거리가 넘쳐나는 현대 사회에서 '유기농'이라는 단어는 마음에 안정과 평화를 가져다준다. 어느 날 문득 그 뜻이 궁금해져서 찾아보니 유기농의 '유'는 한자로 '있을 유(有)' 자를 쓰더라. 그럼 그 반대말인 무(無)기농도 있을까? 말장난 같다고? 의외로 정말 있었다.

환경을 보호하려는 마음이 '있는' 농부님이 재배한 것이 유기농이고, 그런 마음이 '없는' 것이 무기농이라고 한다…. 하하, 이건 농담이고. 아쉽게도 유·무기농은 그렇게 감수성 풍부한 단어는 아니었다. 화학적인 관점에서 유기

비료를 주는지, 무기 비료를 주는지로 유기농, 무기농을 구분한다고 한다.

유기농법에서는 농약을 쓰지는 않지만 대신 '천연 살충제'는 쓴다. 앞에 천연이라는 청량한 느낌의 수식어가 붙어 느낌이 다소 희석되긴 하지만, 그래도 죽일 '살(殺)' 자가 들어가니 생명체에게 무해하다고 속단할 수는 없겠다. 가령 황산구리는 독성물질이지만, 자연에서 온 물질이기 때문에 유기농법의 살충제로 쓰일 수 있다고 한다.

비료도 쓰고 살충제도 쓰는 유기농법이지만, 아무리 그래도 좀 더 정성 들여 키운 작물이려니, 좀 더 지구와 땅에 이로우려니 싶어 유기농 농산물에 손을 뻗었다가도 결국 내려놓을 수밖에 없는 이유는 플라스틱이라는 복병 때문이다.

대체로 적은 양을 비닐과 플라스틱의 '환장 콜라보'로 단단하게 포장해 놓은 유기농 농산물. 그 앞에서 제로웨이스터는 오랜 시간 서성이다가 결국 한숨을 쉬며 돌아선다. 유기농 작물을 그나마 박스 단위로 사면 플라스틱과 비닐을 줄일 수 있겠으나 2인 가족인 우리 집으로서는 너무 많은 양이다. 긴 번민 끝에 차라리 재래시장에서 단단한 포장도 없고 연두색 유기농 마크도 없는 평범한 농산물을 사다가 정성 들여 씻어 먹는 쪽을 택했다.

◦ 그러던 어느 날, 자연재배를 만나다

이런 연유로 유기농과는 적당히 거리를 두며 사는 나지만, 들으면 하염없이 가슴이 설레는 단어가 있다. 바로 '자연재배'다. 《시골 빵집에서 자본론을 굽다》라는 책을 읽고 그 개념을 처음 접했다. 저자 이타루 씨는 일본 돗토리현에서 실험적인 빵집을 운영하는 제빵사다. 공장에서 '만들어져' 나오는 이스트를 사용하지 않고 자연에서 직접 채종한 천연 균으로 빵을 굽는 그는, 한 걸음 더 나아가 재료를 배송받지 않기로 결심한다. 그는 최저가를 택해 멀리서 재료를 공수하는 대신 빵집 주변 지역에서 농사를 짓는 이웃 농부들의 농산물을 구입한다. 그렇게 완성된 이타루 씨의 빵은 값이 비싸긴 하지만, 팔면 팔수록 지역 경제에 도움을 주는 기특하고 멋진 빵이다.

천연 효모종 빵을 만든다고 광고하는 빵집은 이미 많다. 이타루 씨가 과거 제빵기술을 배우려고 견습생으로 들어간 빵집 중 하나도 천연 효모종을 대대적으로 내세운 빵집이었다. 그러나 그것조차 공장에서 받아 온 효모였다는 것이 반전. 그럼에도 법적인 문제는 없었다고 한다. 법의 허점을 틈타 공장에서 납품받는 '천연'이라는 단어에 거짓과 기만을 느낀 이타루 씨는 자신의 빵집을 열고 진짜 천연 누룩균을 찾아 나선다.

찐 쌀을 대나무통에 담아 놓고 시간이 흐르자 그 위로 균들이 내려앉아 울긋불긋 곰팡이가 폈다. 검고, 붉고, 푸르른 곰팡이에 일일이 혀를 대어 맛을 보며 빵을 발효시킬 힘을 지닌 균을 찾아내는 것도 어려웠지만, 더 어려운 것은 그 다음이었다. 직접 채종한 천연 누룩균으로 만든 주종을 밀가루 반죽에 섞자, 부풀기는커녕 글루텐까지 죄다 분해되어 점성도 탄력도 없이 흐물흐물해지는 기묘한 일이 일어난 것이다. 생각지 못한 위기에 봉착한 이타루 씨에게 이웃에 살던 한 농부가 힌트를 준다. 그가 내민 쌀자루에는 '자연재배 쌀'이라는 글귀가 붙어 있었다.

"산과 들에 있는 꽃과 나무는 비료를 안 줘도 꽃을 피우고 열매를 맺지. 식물이 뿌리를 내린 토양에 수많은 벌레, 균류, 미생물들이 사는 풍부한 생태계가 있고, 그 덕에 식물이 잘 자라니까 건강한 열매를 맺을 수 있는 거야. 비료는 없어도 토양 조건만 좋으면 작물은 자라게 되어 있어. 비료를 안 주고 작물이 제 힘으로 자라게 하는 게 자연재배의 제일 큰 특징인 셈이지."

"그렇게 하면 뭐가 어떻게 되는데요?"

> "비료를 안 준 작물은 살기 위해서 흙에서 양분을 얻으려고 필사적으로 뿌리를 내리지. 작물 스스로가 자기 안에 숨은 생명력을 최대한 발휘해서 살아 보려 한다는 거야. 그 생명력이 자손을 남기기 위한 과실이나 씨앗으로 결실을 맺는 거지. 생명을 계속 이어가기 위해서 한 톨 한 톨에 모든 생명력을 응집시킨다는 말이야."
>
> _《시골빵집에서 자본론을 굽다》 중에서

이것마저 실패하면 가게를 접겠다는 간절한 마음으로 이타루 씨는 평소 쓰던 유기재배쌀이 아닌, 자연재배쌀로 주종을 만들었다. 약 한 달 만에 완성된 주종을 섞어 빵 반죽을 만든 다음 날 아침, 이타루 씨와 부인 마리 씨는 잠시 할 말을 잃었다. 그동안의 실패가 모두 거짓말이라는 듯 반죽은 두둥실 부드럽게 부풀어 있었다. 그 반죽으로 빵을 굽자 빵틀에서 터져 나올 듯 풍성한 빵이 완성되었다. 이타루 씨는 그 차이를 다음과 같이 해석했다.

> "자기 안에 있는 힘으로 자라고, 강한 생명력을 지닌 작물은 발효를 하게 된다. 생명력이 강한 것들은 균에 의

해 분해되는 과정에서 생명력을 유지하여 생명을 키우는 힘을 그대로 남겨둔다. 그래서 식품으로 적합하다. 반대로 외부에서 비료를 받아 억지로 살이 오른, 생명력이 부족한 것들은 부패로 방향을 잡는다.

(중략)

우리가 들여온 유기재배 쌀은 대량의 동물성 퇴비(단백질)를 먹고 자랐다. 그래서 영양과다 상태, 생명력이 약한 상태였던 것이다. 산과 들에는 대량의 동물성 퇴비 따위는 없다. 따라서 작물에 단백질이 포함되는 비정상적인 사태를 천연 누룩균이 감지하면 '이상하다. 분해해서 흙으로 되돌리자.'라는 작용이 일어나는 것이다."

비료와 농약의 도움 없이 노지에서 오직 식물 내면의 생명력으로만 강인하게 자라길 바라야 하는 자연재배 농법. 말이 쉽지, 그런 방식의 농사를 짓는다는 건 얼마나 어렵고 기약 없는 일일까. 게다가 들이는 수고에 비해 많이 환영받지 못한다. 일단, 가격이 높다. 그리고 몇 가지 이유가 더 있다.

마르쉐 장터에서 반갑게도 자연재배한 루꼴라를 만나서 조금 사 온 적 있는데 한 장 한 장 손질하다가 그만 쓴웃음이 나와버렸다. 이탈리안 레스토랑에서 우아하게 흩뿌려주던 여리여리한 이파리들이 아니다. 작은 군인들처럼 굳셌으며 생김새도 제각각. 내 손바닥만큼 커다란 이파리도 있고 혼자서 훌쩍 키만 큰 녀석도 있었다. 가장 크리티컬한 포인트는 모든 이파리에 송송송 자그마한 구멍이 뚫려 있었다는 것.

끝내주게 맛있는 루콜라가 틀림없나 보다. 벌레들이 먼저 많이도 시식한 걸 보면. 그러나 생각을 전환해 보면 그 구멍들이 진실한 무농약, 무살충제 인증이 아닌가? 흠 없이 매끈 반듯한 유기농 작물에 붙어 있는 초록색 '친환경' 스티커보다 훨씬 더 미덥다.

언젠가는 자연재배한 사과를 구매한 적 있는데 만약 이게 자연에서 온 사과의 민낯이라면 '사과 같은 내 얼굴'이라는 동요는 '셀프 디스'가 될 것이다. 비료를 쓰지 않아서 시중 사과보다 크기가 훨씬 작았고 인위적인 조처를 하지 않은 탓인지 껍질은 거칠거칠 울긋불긋했다. 자연 속 햇살과 비바람을 오롯이 혼자 이겨낸 장군의 철갑이요, 훈장 같은 그 껍질은 예쁘지 않았다. 그러나 멋있었다.

높은 가격, 곱지 않은 겉모습에도 불구하고 나는 자연재배로 자란 진짜배기를 만나면 지갑을 또 열고 만다. 강한 생명력의 응집을 맛보고 싶고, 어려운 길을 택한 농부님에게도 응원을 보내고 싶어 속절없이 가슴이 뛰는 걸 어찌하리오.

자연재배 농산물을 종종 소개해 주시는 '미오솜'의 사장님으로부터 땅끝 해남에 무제초제, 무살충제, 무퇴비, 무비닐멀칭으로 단호박을 재배하는 농부님이 있다는 걸 들었을 때도 딱 그랬다. 가격을 보고 솔직히 '헙' 하고 놀랐지만 말이다. 당장 주문해서 바로 먹을 수 있는 것도 아니었다. 호박이 스스로의 힘으로 충분히 클 때까지 기다리고 기다린 끝에 비로소 받을 수 있단다. 뛰는 가슴을 진정시키고 정신을 차렸을 땐 이미 예약 버튼을 누른 후였다.

° 땅끝에서 출발한 자연재배 단호박들이 서울에 도착하다

한 달쯤 지났을까, 드디어 단호박을 수확할 때가 됐다는 연락을 받았다. 애석하게도 보름 전 이상저온으로 갑자기 우박이 내려서 어린 단호박들이 많이 죽었다고 한다. 그중 살아남은 귀한 단호박들이 내게 올 예정이란다. 미오솜 사장님은 종자를 채취할 단호박도 부족해진 농부님 사정을 설명해 주시며 우리가 단호박 씨앗을 모았다가 농부님께 돌려

드리자 했고 나는 기꺼이 그러겠다고 답했다.

땅끝에서 출발한 커다란 상자 하나가 며칠 뒤 서울에 무사히 도착했다. 그 속에는 단호박 세 개가 투박하게 담겨 있었다. 그런데 모양이 내가 알던 그 단호박이 아니다. 일단 크기부터 일반 단호박보다 서너 배는 크다. 무게는 두 팔로 안아 들어야 할 만큼 묵직하다. 껍질도 진한 초록색이 아니라 탁한 연두색. 알고 보니 이건 '상리 단호박'이라는 우리나라 토종 품종이었다. 생김새는 낯설지만 속은 노랗고 맛있다고 하니 안심해도 되겠다.

칼을 쥔 손에 힘을 주고 단호박을 반으로 쩍 갈랐다. 숟가락으로 속을 긁어내자 샛노랗게 질척거리는 가운데 부분에 잘 여문 씨앗이 한가득 들어 있다. 씨앗을 잘 골라내어 채반에 받쳐 흐르는 물로 씻은 후 탁탁 물기를 털어 볕 잘 드는 창가에 두었다.

이타루 씨 책에 나온 공장 출신 천연 효모처럼, 땅에 뿌리는 씨앗도 공장에서 나와 사고파는 시대다. 거대 기업 몬산토에서 파는 씨앗은 결과물이 일정하게 보장된 제품이지만 유전자조작을 해서 한 번밖에 싹 틔울 수 없는 씨앗이라고 한다. 농부들이 씨앗을 받아 다시 키울 수 없도록 막은 것이다.

상리 단호박 같은 우리나라 토종 품종이 낯설고 비싸다고 소비자들이 외면한다면 이런 토종 씨앗도 사라지고, 결국 규격화된 일회용 씨앗만 땅에 뿌려지는 세상이 올까 봐 무섭다. 그런 생각을 하고 다시 보니 물기 젖어 반짝이는 연노란 씨앗들이 물방울 다이아몬드를 닮았다. 땅끝으로 되돌아가 내년에 다시 힘차게 움틀 씩씩한 씨앗들을 격려하듯 손가락 끝으로 몇 번이나 쓰다듬었다.

첫 번째 단호박으로는 내가 좋아하는 단호박 수프를 만들기로 했다. 스테인리스 냄비에 올리브유를 두르고 채 썬 양파를 넣고 약한 불에서 오래 볶는다. 양파가 연한 갈색으로 변할 때쯤 깍둑 썬 단호박을 넣고 잠시 더 볶다가 물 두 컵을 부으면 경쾌한 '차르르-' 소리와 함께 근사한 향기가 피어오른다. 부글부글 끓어오르면 베지 스톡 하나를 부숴 넣고 단호박이 푹 익을 때까지 뚜껑을 덮고 끓인다. 단호박이 다 익으면 두유를 두 컵 붓고 핸드믹서를 이용해서 냄비 속 내용물을 다 같이 갈아준다. 소금을 조금 넣어 간을 맞추자 은은한 달고 짠 맛이 매력인 '비건 단호박 수프'가 완성됐다. 넉넉히 만들었으니 반찬통에 소분해서 냉동실에 얼려 두면 되겠다. 전날 저녁에 꺼내 두면 다음 날 아침에 따끈하게 데워 먹기 좋다.

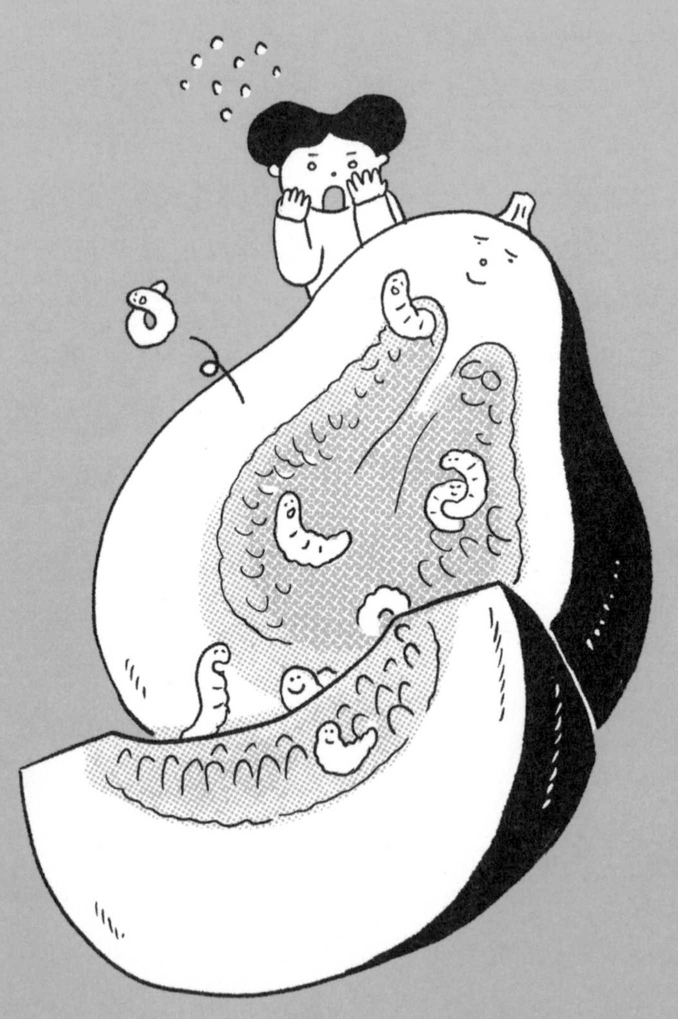

두 번째 단호박으로는 비건 블로그에서 봤던 닭 없는 찜닭(남편은 그런 모순적인 작명법은 있을 수 없다며 그건 그냥 '찜', 또는 '찜○'이라고 주장하지만)을 만들기로 했다. 납작당면을 꺼내 물에 불려 놓고 얼른 시장에 다녀왔다. 양파, 감자, 버섯은 도톰하게 썰고 대파는 손가락 길이 정도로 큼직하게 썰어 준비한 후 마지막으로 칼을 들어 단호박을 힘차게 반으로 갈랐다.

쯔어억 소리를 내며 양쪽으로 갈라진 단호박의 샛노란 속살과 그 속에 가득한 씨앗… 까지는 좋았는데….

꼬물락 아니, 꿈틀인가?

작지만 분명한 그 기척을 느낀 순간 나는 소스라치게 놀라 뒤로 물러섰다. 박 속에서 튀어나온 도깨비를 조우한 놀부 부인처럼 얼굴은 사색이 된 채로.

'애, 애, 애벌레가 있어…. 호박 속에…'

어렸을 적 작은 벌레를 보고 놀라서 난리를 치면 아빠가 늘 하시던 말씀이 있다.

"괜찮아. 네가 훨씬 커. 저 벌레가 널 보고 놀랐을 거야."

맞는 말씀이다. 난 키 167cm의 거대한 인간이란 걸 자각하며 놀란 가슴을 애써 부여잡았다. 이성을 찾고 다시 단호박으로 다가갔다. 녀석의 길이는 약 5mm 정도였고 그동안 단호박을 먹고 무럭무럭 자랐는지 그 통통한 몸은 호박 속과 똑같은 연한 노란빛을 띠었다. 'Love and Peace'를 실천하고자 비 갠 후 보도블록에서 갈 길 잃은 채 말라 죽어가는 지렁이를 몇 번 긴급구조한 경력(손수건으로 집어서 얼른 화단으로 던져 버린 정도지만)도 있는 나였기에 처음에는 애벌레를 방생하고자 했다.

하지만, 생포를 위해 떨리는 손길을 뻗자.

폴짝!

애벌레의 점프와 동시에 나도 '끄아악' 내적 비명을 지르며 풀쩍 뛰어 후퇴했다.

굼벵이도 '구르는 재주'가 있다면서 이렇게 튀어 오르다니, 완전 반칙이다. 하지만 고작 5mm짜리가 뛰어봤자 멀리 가겠나. 녀석은 노란 단호박 속살에 포근히 안착하여 다시금 꼬물거린다. 이 단호박이 모든 생명체에게 진정 '무해'하다는 것이 이런 식으로 입증되는구나.

결국 눈 딱 감고 녀석을 안락사시키기로 했다. 자세한

과정은 굳이 글로 설명하지 않겠다. 그런데 처리하고 나자 이 한 마리가 전부일 리 없다는 데 생각이 이르렀다.

왜 슬픈 예감은 틀린 적이 없을까. 단호박 속을 숟가락으로 긁어내는 과정에서 통통이 몇 마리를 더 잡고 나서야 비로소 난(亂)이 진압됐다. 이런 순간에조차 성실한 나는 손을 바들바들 떨면서도 농부님께 보낼 잘 여문 씨앗 몇 개를 골라내는 것을 잊지 않았다.

놀란 가슴을 진정시키고 이제 진짜 요리를 시작할 차례다. 진간장과 설탕, 생강술, 다진 마늘, 다진 청양고추를 넣은 양념에 물 한 컵을 넣고 부글부글 끓이자 냄비에서는 익숙한 그 찜닭 향기가 피어오른다. 닭이 없는데도 말이다.

딱딱한 감자를 먼저 넣어 익을 시간을 주고 뒤이어 단호박을 넣었다. 깨끗하게 손질해서 자른 단호박의 노란 단면을 보고 있자니 아까의 전쟁 같은 기억은 거짓말인 것만 같았다. 단호박의 노란 속살이 그저 예쁘기만 하다. 냄비 속 감자와 단호박이 거진 익었다 싶을 때 새송이와 표고, 투명하게 불린 납작 당면, 대파를 넣어 조금 더 끓였더니 닭 없는 찜닭 아니, '찜○'이 완성됐다.

식사 후 부른 배를 두드리며 인터넷 검색 창에 '단호박애'라고 쳤더니 자동으로 '단호박 애벌레'가 완성되어 깜짝 놀랐다. 의외로 대중적인 녀석이었나 보다. 그 이름도 쉽게 알아냈다. 바로 '호박과실파리'. 박과 식물들의 껍질이 딱딱해지기 전, 그 속에 알을 낳는다고 한다. 그걸 막기 위해서는 호박을 재배하기 전에 토양에 농약을 뿌리고, 파리가 날아다니는 시기에 또 농약을 살포해야 한다고. 우리가 먹는 말끔한 호박에는 사실 이런 비하인드 스토리가 숨어 있었던 것이다.

° 매끈한 채식을 위해 죽어간 이름 모를 생물들을 기리며

비건 지향 채식을 하면서 가끔 오만한 기분이 들 때가 있었다. 내가 택한 먹거리는 동물을 죽이지 않았다는 자부심과 내가 입에 넣는 먹거리는 무해하고 친환경적이라는 뿌듯함으로 가슴 속이 부풀고 코가 한껏 높아졌던 순간들.

하지만 애벌레는커녕, 벌레 먹은 구멍 하나 없이 일정한 크기로 매끈하게 빛나는 채소들은 사실 굉장히 인공적인 결과물이다. '유기농'이라는 딱지가 붙은 작물일지라도 말이다. 마치 루이 14세의 정원과 같다. 깎은 듯 잘 정돈된 그 정원을 거니는 누군가가 '자연이란 이런 것이로구나, 나는 지금 자연 그대로를 만끽하는 중이구나.' 착각한다면 우스운 모습일 것이다. 채식을 시작했다며 설부른 자부심과 뿌듯함으로 달떴던 내 모습 역시 그러했을 것 같다.

지구와 나 자신을 위해 무농약, 무비료, 햇살 아래 자연재배로 자란 생명력 가득한 채소로만 식사를 할 수 있다면 좋겠다. 그러나 가격이 높고 구하기 어려운 것을 차치하더라도 행복하고 건강한 애벌레, 민달팽이 등을 더 자주 진압하기엔 내 담력이 미천하여 보통은 적당히 농약도 쓰고 적당히 비료도 썼을 곱고 매끈한 채소를 재래시장에서 산다.

그래도 그것들을 먹을 때마다 보이지 않게 스러졌을 작은 생명들도 잊지 않으려 한다. 감히 인간을 위한 식물 주위를 얼씬거리며 꼬물거렸거나 날아다녔거나 먼저 한입 먹으려 했다는 죄로 죽어야 했던 미물들. 한 덩어리의 채소 뒤에는 그런 생명들의 무게가 소리도 없이 존재했다. 그들을 기리며 내가 하는 것은 그저 이파리 한 쪽, 곡식 한 톨이라도 헛되이 버려지지 않도록 귀하게 여기고, 남김없이 먹는 것이다. 이러다 또 가끔은 속절없이 설레고 가슴이 뛰어 못 배기겠다며 자연재배 작물을 덜컥 사기도 하겠지.

'어어어, 이렇게 그냥 글이 끝나는 거야?'

물론 아니다. 예리한 독자라면 단호박이 3개가 왔다는

사실을 기억하시겠죠. 그런 고로.

신(臣)에게는 아직 한 통의 자연재배 단호박이 남아 있습니다.

슬근슬근 첫 번째 박을 열자 아무것도 나오지 않았고, 슬근슬근 두 번째 박을 열자 통통이들이 꼬물거렸다. 그럼 슬근슬근 세 번째 박을 열면?

사실 나도 아직 모른다. 이 글을 쓴 다음에 세 번째 단호박을 열어 볼 예정이다. 참고로, 셋 중 가장 크기가 큰 녀석이다. 그 속이 평화로운 마을일지 아니면 난리가 났을지는 열기 전엔 알 수 없는 일이다.

여하튼 비장한 장수의 마음으로 마지막 칼을 들어 보려 한다. 그러므로 이 난중일기는 열린 결말 비스무리한 것이 되겠다. 독자들께서 상상력을 발휘할 여지를 드리는 작가의 배려라고 여겨 주시길.

3장

합니다,
지구를 적게 쓰는 생활

○

판다스틱 플라스틱 원더랜드

속으로 낮게 탄성을 뱉었다.

친구가 편의점에서 김밥을 샀다며 꺼내어 보여준 건 우리가 아는 평범한 김밥이 아니었다. 본디 한 줄이었을 김밥을 한 알 한 알 눕혀 직사각형 플라스틱 용기에 담고, 그것을 다시 비닐로 싼 것이다.

굳이 왜 이런 수고를 했을까? 판매하는 김밥 한 줄이 원래 12개였다면 10개로 줄였다는 것을 잘 보이지 않게 하려고, 혹은 똑같이 12개를 팔면서 가격을 1.5배로 높이려고 그랬으리라. 그리고 어떤 의도였든 이걸 가능하게 만든 건 '플라스틱은 많이 써도 그 값이 매우 싸다.'라는 점이다.

값싼 플라스틱의 도움으로 기업의 이윤도 늘리고 착시 효과를 통해 고객의 만족감도 유지하자는 영리한 전략. '경제적 합리성'의 관점에서 보니 나무랄 데 없다. 하지만 저렇게 쓰고 난 플라스틱의 운명은 판매자도 소비자도 책임지지 않는다. 우리는 김밥의 가격이 올랐다고, 또는 김밥 양이 줄었다고 분노할지언정 무용한 플라스틱을 굳이 거기 넣었다는 점에는 둔감하다. 플라스틱이야 뭐 버려서 내 손을 떠나면 그만 아닌가?

장면을 전환해서 집 앞 재래시장으로 가 보자. 과일을 사러 갔다가 먼저 온 어떤 손님을 봤다. 저렴하게 할인하는 딸기를 고르시는 걸 보니 절약이 몸에 밴 알뜰한 분이 틀림없다. 근데 그분은 이미 딸기 봉지를 받아들었으면서 사장님에게 추가로 비닐 봉지 한 장을 더 달라고 부탁하는 게 아닌가? 여분 비닐 봉지 한 장을 딸기 위에 덮어서 더 '깨끗하게' 집에 가져가고 싶다는 게 이유였다. 재래시장은 마트처럼 모든 걸 비닐로 미리 포장하지 않는 대신 비닐 봉지는 공짜라는 걸 노린 가성비 극대화 전략이다. 사장님은 결국 못 이기는 척 비닐 한 장을 더 뜯어 건넸고, 그 손님은 만면에 미소를 띠고 유유히 사라졌다. 플라스틱께서 이렇게 또 자신을 낮추어 세상에 기쁨과 행복을 1 증가시키셨다.

비가 오는 날에도 플라스틱의 활약은 눈부시다. 건물 안에 들어가면 언젠가부터 우산용 비닐 봉지가 마련되어 있다. 매우 놀랍게도 그것들은 무료다. 건물 입장에서는 사람을 하루 고용해 청소하는 비용보다 비닐 봉지 1,000장을 주문하는 비용이 훨씬 쌀 것이다. 그걸 사용하는 우리도 일회용 특유의 '깔끔', '청결'이라는 만족감을 얻지만 내 지갑에서 돈은 한 푼도 나가지 않는다. 수학적으로 보면 가격이 0에 수렴할 때 가성비는 극한으로 치솟는다. 제공하는 입장에서도 사용하는 입장에서도 서로 즐거운 윈-윈이다. 세상으로 흩어진 1만 장의 일회용 비닐 봉지가 플라스틱이라서 백 년 이상 지나도 썩지 않는다는 사실에만 모두가 침묵한다면.

'해 먹는 것보다 시켜 먹는 것이 싸다.'라는 말도 있다. 엇비슷한 돈인데 내 노력까지 들여 음식을 해 먹느니 음식을 배달시켜 먹는 것은 매우 합리적인 선택이다. 배달과 포장 과정에서 발생하는 비닐, 플라스틱, 종이의 가격은 극히 미미하므로.

사서 마실 수 있는 플라스틱 생수를 선택하는 일도 마찬가지다. 고작 100원짜리 동전 몇 개로 값싸게 마신 뒤 페트병 더미가 산더미처럼 쌓이긴 하지만 버리는 데 비용을 내진 않으니까 괜찮아. 플라스틱은 그만큼 관대하시다. 찬양하라!

'삶이란 B와 D 사이에 있는 C'라던 사르트르의 말처럼 우리네 인생은 크고 작은 선택의 연속이다. 그리고 우리는 자유 의지를 갖고 고심 끝에 신중히 결정을 내리려 노력하지만 결국 많은 선택 앞에서 '돈'이라는 잣대를 꺼내 든다.

"저는 돈만 추구하지 않는데요?"

그럼 '돈'이라는 단어 대신 '가성비'라는 단어를 넣어보자. 최소한의 비용으로 최대한의 만족을 추구함의 의미가 담긴 '가성비'를 넣었더니 문장의 어감이 한결 친숙해진다.

아니면 '돈'이라는 단어 대신 '합리적인 소비'라는 말을 넣으면 어떨까? 비용과 내 만족감을 저울질해서 객관적이든 주관적이든 비용보다 내 만족감이 크면 우리는 그것을 합리적인 소비라고 부른다. 개이득, 득템, 혜자스럽다 같은 파생어도 있다. '돈'이라는 말에서 고개를 들었던 반감이 수그러지며 문득 숙연해진다.

◦ '보이지 않는 손'이 지배하는 세상 속 플라스틱

자본주의 세상에 사는 우리 모두 '가성비와 합리적인 소비는 옳다'라는 사고방식에서 자유롭지 못하다. 그리고 '보이지 않는 손'께서 정해주신 가격에 권위를 부여하며 값비싼 것들은 아끼고 값싼 것들은 함부로 대한다.

그런데 그 '보이지 않는 손'은 명품이나 다이아몬드처럼 사실은 그리 소중하지 않은 허상의 이미지에는 높은 가격을 매기지만, 지구의 바다와 땅을 오염시키고 아주 미세한 모습으로 되돌아와 사람의 몸까지 위협하는 플라스틱에는 하찮은 가격을 매기는 이상한 신(神)이다. 그 속에서 우리는 플라스틱은 싸니까 많이 써도 괜찮다고, 혹은 다른 방법은 없으니 쓸 수밖에 없다고, 혹은 내가 잘만 버리면 좋게 좋게 재활용될 거라고 제각각 엉터리 신화를 믿고 살고 있다.

엉뚱한 상상을 해 본다. 어느 날 아침에 눈을 떴더니 우리가 사랑했지만 동시에 하찮게 여겼던 플라스틱이 금값이 되어버린다면? 금값까지는 아니더라도 일회용 컵과 포장용기 하나에 세금 1만 원, 스티로폼 상자 하나와 비닐 봉지 한 장에는 세금 5,000원, 플라스틱 빨대 하나에는 3,000원 따위로 정한 법이 하루아침에 통과된다면 또 어떤 세상이 올까?

PLASTIC WONDERLAND

판타스틱한 플라스틱으로 값싸게 쌓은 원더랜드가 붕괴되면서 세상의 모습이 지옥에 더 가까워질지 천국에 더 가까워질지 쉽게 가늠이 안 된다. 어느 쪽이든 지금과는 정말 많이 다르게 살아야 할 것이다. 그래도 하나 확실한 건, 그럼에도 불구하고 우리는 방법을 찾아내 계속 살아갈 수 있으리란 것.

인류의 역사를 24시간으로 치환한다면 그중 23시간 59분은 플라스틱이 없었던 시간이니 말이다.

필(必)환경 시대의 테이블 매너

◦ 테이블 매너

: 식사 시에 자기 이외의 다른 사람들에게 불쾌한 감정이나 느낌을 주지 않기 위하여 지켜야 할 예의와 범절. 공식적인 연회는 물론 그 밖의 격식을 갖춘 식사 시에 타인들에게 실례가 되지 않도록 하여 즐거운 식사를 하는 데 목적이 있다.

중학교 가정 시간에 서양의 테이블 매너에 대해서 배웠던 적이 있다. 교과서에는 여러 개의 각기 다른 포크 중 무엇을 먼저 사용하고 무엇을 마지막에 사용해야 하는지, 잠시 자리를 비울 때와 식사를 마쳤을 때 각각 포크와 나이프가 접시 위에서 어떤 각도를 그려야 하는지 따위가 그림으로 그려져 있었고 중간고사 때 나는 다행히 보기 중 정답을 제대로 골라 적어 냈다. 아쉽게도 이후에는 그때 배운 지식을 요긴하게 쓸 기회가 거의 없었지만 말이다.

어릴 적 부모님으로부터 받은 테이블 매너 교육, 아니 밥상머리 교육은 좀 더 유용했다. 입가에 묻히고 먹지 않기, 그릇에 밥알 남기지 말고 숟가락으로 깨끗이 훑어 먹기, 반찬 들었다가 놓지 않기, 맛있는 것만 얄밉게 골라 먹지 않기, 다른 사람들과 식사 속도 맞추기 등등. 그 정도면 충분한 줄 알고 안일하게 지내다 보니 어쩌다 고작 삼십 대에 지구촌을 뒤흔드는 무서운 환경오염을 실시간으로 목격 중이다.

지구를 보호해야 하는 것이 필수인 필환경 시대가 됐다. 세상이 바뀌면 그에 어울리는 매너도 추가되는 것이 당연하지 않은가? 필환경 시대에 새롭게 업데이트된 테이블 매너가 있다고 한다. 함께 공부해 보자.

• 필환경 시대의 테이블 매너 •

① 물티슈는 반납하고 화장실에서 손 씻고 오기

대한민국의 식당에 자리를 잡고 앉으면 가장 먼저 앞에 놓이는 것이 있다. 바로 '일회용 물티슈'다. 사람 수만큼 테이블에 던져진 납작한 일회용 물티슈의 얇은 비닐 포장을 찢고 축축한 티슈를 펴서 손바닥으로 두어 번 슥슥 비비면 식사를 시작할 준비가 됐다는 뜻이다. 순식간에 소임을 다한 물티슈들은 조용히 식탁의 가장자리로 밀리고 그대로 잊혀진다.

왜 식사 전 물티슈로 손을 닦는 과정을 거치는 걸까? '보다 청결한 식사를 위해 손을 물로 닦는 행동'이라고 답하기에는 가장 기본 전제가 틀렸다. 물티슈를 축축하게 적신 액체는 물이 아니니까. 만약 물티슈에 평범한 물을 적셔 놓았다면 며칠 지나지 않아 쉰내가 진동할 것이다. 젖은 행주를 말리지 않고 며칠 축축하게 방치하면 세균이 번식하는 것과 같은 이치다.

하지만 물티슈는 축축하게 젖은 상태로 실온에서 몇 년을 끄떡없이 버틴다. 방부제, 살균보존제, 산도조절제, 보습제, 계면활성제, 소취제, 향료 등이 포함됐기 때문이다. 피부도 호흡 기관 중 하나라던데 저런 물질이 묻었다면 어서 닦아내진 못할망정 식사 직전에 일부러 단체로 손에 문지르는 풍경은 따지고 보면 자못 괴이하다. 게다가 그 몇 초의 목적 없는 의식이 끝난 후 바로 버려지는 물티슈의 정체는 플라스틱 실로 짠 부직포다. 내가 한 번 쓰고 버린 물티슈가 내가 죽을 때까지도 어디에선가 썩지 않고 있다는 걸 생각하면 뒷머리가 쭈뼛 서고 소름이 돋는다.

얼마 전 남편과 집 근처 해물찜 집을 찾았다. 일반식을 하는 남편은 해물을 먹고 나는 매콤한 콩나물과 채소 밑반찬을 먹을 수 있는 곳이라 종종 가는 식당이다. 역시 우리가 테이블에 앉자마자 물티슈 두 개가 도착했다. 아주머니가 물티슈를 내려놓으시는 순간을 주시하다 타이밍을 놓치지 않고 호호 웃으며 필요 없다고 반납했다. 만약 그 타이밍을 놓쳤다면 그래도 괜찮다. 포장만 뜯지 않고 기다렸다가 식사 중에 반납하거나 아니면 식사 후 계산하면서 반납할 수도 있다.

그럼 필환경 시대라는 핑계로 더럽게 손을 닦지 말고 밥을 먹으라는 것인가? 아니다. 손은 닦으면 된다. 물티슈를 거절했는데 도대체 어떻게 손을 닦냐는 소리 없는 아우성이 들리는 것만 같다. 언제부터인가 식당만 가면 물티슈가 제일 먼저 등장해 우리의 정신을 한껏 혼미하게 만들어서 많이들 잊어버렸지만, 사실 아주 기본적이며 효과적이고 쉬운 방법이 있다. 자리에서 일어나 화장실에 가서 비누와 물로 손을 깨끗하게 씻는 것이다. 이것이야말로 화학물질 범벅인 물티슈 따위가 범접할 수 없는 진짜 청결한 식사 준비 아닌가!

② 텀블러 챙기기

물티슈와 더불어 테이블의 불청객이 하나 더 늘었다. 바로 종이컵이다.

코로나19 바이러스가 창궐하며 위생을 강조하는 사회 분위기가 엉뚱하게 일회용품에 대한 사랑으로 튀었다. 전에는 다회용 컵을 제공하던 식당에서도 이제는 종이컵을 제공한다. 손님들은 왠지 더 깨끗할 것 같은 종이컵을 받아서 좋고, 식당은 설거지하지 않아도 된다는 절묘한 이해관계가 맞아떨어진 탓이리라. 하지만 종이컵에는 눈에 잘 보이지 않는 비밀이 있다.

종이컵의 겉면을 만지면 익숙한 종이의 느낌이 나지만 종이컵의 안쪽을 만지면 어떤가? 반들반들 매끈하다. 물이 새거나 종이가 젖지 않도록 플라스틱의 일종인 폴리에틸렌 필름으로 코팅했기 때문이다. 재활용에 대해 잘 모르는 어떤 이들은 종이컵을 버릴 때 종이류에 버리곤 한다. 하지만 종이컵은 일반 종이류와 구분해서 배출하지 않으면 재활용되지 못한다.•

• '종이컵, 신문지와 같이 버려도 되나요?', 그린포스트코리아, 2022.05.13.

종이컵은 건강에도 좋지 않다. 뜨거운 음료가 내부 필름과 닿으면 모든 플라스틱이 그러하듯 환경 호르몬이 배출되기 때문이다. 바이러스도 무섭지만 환경 호르몬도 몸에 나쁘다는 걸 잊으면 안 된다. 또한 종이컵을 만들려면 그만큼 나무를 베어야 한다는 당연히 사실 역시 우리는 기억해야 한다.

다회용 컵 대신 종이컵, 더 심하게는 작은 페트병을 인원수 대로 주고 가버리는 식당들에 대응하기 위해 요즘 나는 식당에 갈 때 텀블러에 마실 물을 넉넉하게 담아 간다. 그리고 테이블에 놓인 종이컵은 손대지 않거나 직원에게 반납한다. 사실, 위생 관념의 끝판왕은 역시 '내 텀블러' 아닌가? 건강도 챙기고 쓰레기도 버리지 않을 수 있는 묘책이다.

• 필환경 시대의 테이블 매너 •

③ 안 먹을 반찬은 받기 전에 거절하기

주문한 음식이 나오기 전 다양한 밑반찬이 먼저 등장했다. 내가 이 식당을 좋아하는 이유는 바로 이 밑반찬들 때문이다. 양념 간장 올린 고소한 연두부, 통깨 솔솔 뿌려진 땅콩 볶음, 시원한 오이 미역냉국, 비트로 색을 낸 핑크빛 오이 피클, 채 썬 양배추샐러드와 들깨 드레싱, 그리고 열무김치까지. 채소 위주의 소박한 반찬들이 깔끔하고 맛있게 차려진다.

그런데 지난 번에 와서 식사해보니 둘이 먹기엔 밑반찬이 많았다. 그래서 이번에는 아쉽지만, 열무김치는 받지 않기로 했다. 해물찜 속 콩나물이 워낙 매콤해서 같은 매운 계열인 김치는 궁합이 썩 좋지 않더라.

"열무김치는 안 받을게요."

음식을 차리는 분이 밑반찬을 테이블에 내려놓을 때 용기 내서 조심스럽게 말씀드렸다. 이렇게 말하면 나를 이상한 사람으로 볼까 봐 걱정했지만 그건 역시 착각이었고 사장님은 대수롭지 않게 열무김치 그릇을 가져가셨다.

다채롭고 인심 좋은 밑반찬은 한국 음식의 자랑이지만 음식물 쓰레기 발생의 큰 원인이다. 내가 먹지 않을 밑반찬은 처음부터 거절하자. 별생각 없이 받고 먹다 남긴 음식은 곧바로 쓰레기가 되지만 이렇게 받기 전에 거절한 음식은 그대로 음식인 채로 되돌아간다.

얼결에 반찬을 받았더라도 기회는 있다. 젓가락을 대지 않고 되도록 빨리 직원을 불러 반납하면 되니까. 단골 식당이라면 무엇 무엇을 거절할지 미리 생각하고 가는 것도 좋다. 만약 처음 방문한 식당에서 밑반찬을 먹어봤는데 입맛에 안 맞는 반찬이 있었다면 기억했다가 다음 방문 때 거절하자.

• 필환경 시대의 테이블 매너 •

④ 작은 통 챙기기

마지막은 내가 즐겨 쓰는 필살기다. 아니, 쓰레기가 될 음식을 살리는 기술이니 필생기(必生技)라고 불러야 맞겠다. 식당에서 넉넉한 양의 음식이 나오면 처음엔 기쁘지만 먹다 보면 좀 난감할 때가 있다. 다 먹자니 과식할 것 같고 남기자니 아까운 그런 순간 말이다. 미국 여행을 갔을 때 보니 그런 상황에서 미국인들은 당연하게 남은 음식을 싸가는 문화를 가지고 있었다. 요즘은 우리나라도 남은 음식을 포장해서 가져가는 분들이 늘어나는 것 같은데 문제는 식당에서 제공하는 포장 용기는 당연히 일회용품과 비닐이라는 것이다. 그럼 처음부터 준비해서 가면 어떨까? 식당에 가기 전, 집에서 작은 반찬통을 챙겨 가는 것이다.

아까 말한 해물찜 집 밑반찬 중에 오이 미역냉국이 있다. 냉면 그릇에 넉넉하게 담겨 나오는 이 여름 특선 밑반찬은 단품으로도 손색 없을 만큼 훌륭하다. 문제는 내 남편이 식초가 들어간 음식은 입에도 대지 않는 남자라는 것. 지난번에 왔을 때 그 많던 냉국이 모조리 내 차지가 됐으나 배가 불러 다 먹지 못하고 남겼더랬다. 그래서 이번에는 잊지 않고 가방 속에 작은 밀폐용기를 챙겼다. 먹기 전에 먼저 미리 통에 덜어 놓고 뚜껑을 딱, 야무지게 닫은 뒤 식사를 시작했고 그날 우리가 테이블에서 일어섰을 때 남겨서 버릴 음식은 아무것도 없었다. 마치 메뚜기 떼가 휩쓸고 간 왕릉의 대지처럼….

작은 통을 챙기면 의외의 순간 작지만 강력한 무기가 된다. 과식할 찰나에 브레이크를 걸어주고 그다음 날에는 의외의 즐거움을 선사한다. 다양한 반찬으로 가득 찬 식탁에서는 영 빛이 안 나던 구석의 파김치를 통에 싸 와서 그다음 날 기름에 달달 볶아 파김치 볶음밥을 만든 적도 있고, 짭짤한 갓김치 장아찌를 싸온 다음 날엔 맨밥에 물만 말아서 같이 먹으니 꿀맛이었다. 그날 해물찜 집에서 싸온 오이 미역냉국은 다음 날 삼복더위에 진이 빠져 집에 도착한 내가 곧바로 냉장고를 열어 선 채로 벌컥벌컥 마셨다. 기가 막히게 시원했다.

음식을 싸가면 옆 사람이 보는 것 같고 부끄러웠던 때가 있었다. 그러나 열심히 만든 음식이 남겨지고 심지어 자신의 손으로 매일 쓰레기통에 버려야 하는 식당 사람들의 마음을 한 번이라도 생각해보면 곧 숙연해진다. 그런 종류의 일을 하려면 마음에 꽤 두툼한 굳은살이 박여야 가능할 것이다.

여기까지 생각이 미치자 음식을 남기는 것이 오히려 부끄럽다. 깨끗하게 빈 접시들로 그 음식을 만든 이에게 감사의 메시지를 남기고 떠나는 것. 그게 필환경시대의, 아니 올타임 테이블 매너다.

과거 서양의 귀족들이 꽃피운 테이블 매너는 포크가 어쩌고 순서가 저쩌고…그 괴랄하기 짝이 없는 절차를 지켜냄으로써 자신들의 '귀족다움'을 과시하고 증명하는 행동이었다. 시간이 흘러 그 테이블 속 왕과 왕비는 단두대의 이슬로 사라지고 신분도 역사의 뒤안길로 사라졌다.

그 후 나라와 나라가 서로 대립했으나 교통과 통신의 발달로 그 국경마저 희미해져 버린 21세기의 한복판에 사는 우리의 정체성은 코스모폴리탄이며 지구인이다. 그리고 우리는 지구인의 테이블 매너를 지켜냄으로써 우리의 '지구인다움'을 한껏 과시하고 증명해야 한다.

왜냐고? 그게 필환경 시대의 '멋'이자 '힙'이자 '간지'이기 때문이다.

Manners, maketh, man(매너가, 지구인을, 만든다).

○

네가 있어야 할 곳에 너를 데려다주는 일

‘어서 내게 돌아와. 어서 여기 내 곁으로 돌아와. 니가 있어야 할 곳은 여기야~♬’

내가 한때 열렬히 좋아했던 그룹 god의 노래 <니가 있어야 할 곳> 가사의 일부다. 노래 가사처럼 사람에게 있어야 할 곳이 있다면 물건에게도 있어야 할 곳이 있다. 접시는 여기, 화분은 여기, 컵은 여기, 책은 여기, 모기채는 여기. 사용한 후에는 제자리에 다시 놓는다는 룰을 지켜야 집이라는 작은 소우주가 카오스가 되지 않을 수 있다.

하지만 나는 그 룰을 종종 잊어버린다. 그래도 애써서 노력하고 있기에 그나마 어느 정도는 깔끔하게 지내지만 그래도 아차 하는 순간에 책상 위에, 소파 위에, 식탁 위에 작게 웜홀 입구가 생겼다가 사라지곤 한다. 남편은 쓰고 제자리에 두는 게 뭐가 어렵냐고 하지만 그게 그렇게 말처럼 쉬웠으면 내 MBTI 끝자리는 애초에 P(Perceiving)가 아니라 J(Judging)였을 것이다.

비록 J가 아닌 P라는 이름의 별에서 온 나지만, 그래도 절대 잊어버리지 않고 하는 일이 있다. 그대로 두면 쓰레기가 될 것들의 손을 잡고 그들이 있어야 할 곳으로 데려다주는 일이다. 평소 덜렁거리던 나도 그럴 때만큼은 확실한 어른의 얼굴을 하고 아름답고 용감하게 미아들을 인솔한다.

° 길 잃은 아이를 발견했다면,
집으로 데려다주는 것이 인지상정!

집에서는 배달 음식을 시켜 먹지 않고 내 통을 들고 직접 가서 '용기 내'를 하지만, 직장에서는 가끔 배달 음식을 접할 때가 있다. 나는 학교에 근무하는데 보통 선생님들은 급식을, 나는 집에서 싸 온 비건 도시락으로 식사를 한다. 그러다 아주 가끔 우리 모두 심신이 피곤하고 당이 부족할 때 맛있는 것을 배달해 먹곤 한다. 다양한 생각을 가지신 여러 선생님이 함께 지내는 공동체를 존중하기에 그런 날엔 '배달'에 대한 내 평소 견해는 잠시 접어둔다. 그렇다고 아무것도 하지 않는 건 아니다. 다른 분들이 불편함을 느끼지 않을 선에서 최대한 방법을 찾아 본다. 그중 하나는 직장에 다회용 숟가락과 젓가락을 넉넉히 여러 벌 갖다 놓는 것이다.

우리는 나무젓가락을 위생적이라 생각하지만 사실 거기엔 화학약품 처리가 되어 있다. 쉽게 습기를 머금고 썩을 수 있는 나무로 만들었는데 실온에서 유통되는 걸 생각하면 당연한 일이다. 게다가 소중한 나무를 베어 만들었는데 고작 20분 정도 쓰고 쓰레기가 되는 운명도 가엾다. 그런 일회용품 대신 내가 준비한 다회용 수저를 나눠 드려서 식사를 마치고 다시 회수할 때 필요한 건 고작 5분 정도 설거지하는 수고다.

그런데 아직 문제가 남았다. 무사히 식사는 끝났지만 사용하지 않은 일회용 수저가 그대로 남아 있으니 말이다. 배달을 시킬 때 미리 거절 의사를 표했더라면 좋았겠지만, 만약 그러지 못했더라도 아직 방법은 있으니 좌절하지 말자. 이 미아들의 손을 잡고 다시 가게로 데려다주면 된다.

그날은 평소 퇴근길과 다른 길로 발걸음을 옮겼다. 아까 받은 '김가네' 로고 선명한 이 젓가락과 숟가락을 다시 김가네에 돌려주기 위해서다. 모았다가 좀 묵직해지면 한 번에

주는 게 낫지 않냐고? 아무리 일회용품이라도 시간이 지나면 포장지가 누렇게 변색하며 티가 난다. 곧바로 되돌려 주는 것이 여러모로 낫다. '나중에 언젠가 꼭 일회용품이 아니면 안 되는 순간이 오면 값지게 써야지.' 하고 집안 찬장에 넣어 두었다가 결국 쓰레기통 행이 되는 것을 수없이 경험했다.

딸랑, 종소리와 함께 문을 열고 들어가면 '어서 오세요.' 하는 사장님의 인사가 들린다. 이렇게 이 문을 열고 들어오는 사람들의 대부분은 음식을 먹으러 왔거나 음식을 포장하러 온 사람들인데 나처럼 수저 돌려준다고 오는 사람도 있었을까? 그래도 괜히 위축될 필요는 없다. 내 경험상, 아직 뜯지 않은 일회용품을 되돌려 준다고 나를 이상하게 보며 거절한 사장님이나 직원은 한 명도 없었다. 대수롭지 않게 그걸 받고 '고맙습니다.'라고 할 뿐이다. 갯수가 많지 않아도 괜찮다. 아이스크림 가게에 들어가 뜯지 않은 분홍 숟가락을 단 두 개 반납했지만 젊은 직원분은 '고맙습니다.'라고 하며 대수롭지 않게 받으셨다. 정말 사소한 것을 돌려줘도 괜찮다. 친구가 케이크를 사면서 무심코 받아온 폭죽과 생일 초를 안 쓰고 보관했다가 다음 날 빵집에 다시 돌려줬더니 역시 '고맙습니다.'라는 인사, 그뿐이다.

냉장 보관해야 하는 식품을 인터넷으로 시키면 새하얀 스티로폼 상자와 꽁꽁 언 아이스팩이 딸려 온다. 스티로폼은 PS 재질의 플라스틱을 일종의 '뻥튀기' 시킨 거라고 보면 된다. 완충재와 단열재로서는 유능하지만 이걸 버리면 어떻게 될까? 재활용할 수 없는 건 아니지만 너무 부피가 크고 가벼워서 운반비가 많이 드는 골칫거리가 된다. 아이스팩 내용물은 고흡수성 폴리머로, 쉽게 말하면 얼음보다 보랭 효과가 좋은 '미세 플라스틱 얼음'이다. 그래서 무심코 잘라 하수구로 버리면 안 된다.

요즘 유행하는 갈색 종이 아이스팩이라면 그냥 버려도 재활용되지 않을까? 나도 그걸 한 번 받아 본 적 있었다. 안에 있는 물은 따라 버리고 팩은 종이로 간단히 분리배출 하면 된다고 친절하게 적혀 있었다. 하지만 나는 그렇게 편리하고 달콤한 말은 일단 의심부터 해보는 괴팍한 성격의 소유자다. 종이 아이스팩의 외부는 분명 종이지만 잘라서 내부를 보면 물에 젖지 않도록 플라스틱 필름이 붙어 있다. 이전 글에서 이야기했듯 비슷한 구조의 종이컵은 대부분 재활용되지 못하고 걸러지는 것이 떠올라 열심히 인터넷을 뒤지다가 안타깝게도 '재활용 불가'라는 뉴스 보도를 찾았다.

환경부 포장재 가이드라인에 따르면 종이 아이스팩처럼 종이의 양면이 아닌 단면만 코팅되었으면 종이류로 표시할 수 있다. 이론상으로는 종이와 폴리에틸렌을 분리하는 해리 공정을 통한 후 재활용이 가능하기 때문이다. 하지만 기사에 나오는 제지 재활용 공장 관계자의 말에 따르면 종이 아이스팩에 붙은 폴리에틸렌의 비중이 높아서 실제로는 재활용해서 쓰기 어렵다고 한다.

애초에 그런 걸 받지 않도록 택배를 아예 안 시킨다면 제일 좋지만, 그래도 살다 보면 택배를 꼭 시켜야 하는 경우가 생기거나 예상치 못한 선물을 택배로 받는 경우도 생긴다.

엄격히 제로웨이스트를 실천하는 편인 나도 일 년에 서너 개는 꼭 아이스팩이 손에 들어온다. 그럴 땐 '또 받아 버렸어!' 좌절은 잠시만 하고 곧 힘을 내서 이 아이들이 있어야 할 곳을 찾아주는 편이 낫다.

모바일 애플리케이션 '내 손 안의 분리배출'에서 지역별 아이스팩 수거함을 검색할 수 있다. 가끔은 쇼핑몰이나 마트에서 아이스팩 수거 행사도 한다. 하지만 그런 특별한 장소나 기간을 찾고 기다리지 않아도 우리 주위에는 늘 아

• '이름만 친환경… 재활용 안 되는 종이 아이스팩', SBS뉴스, 2020.05.23.

이스팩이 필요한 장소가 있다. 정육점, 생선 가게, 횟집, 반찬 가게 등 상하기 쉬운 물건을 판매하거나 음식을 택배로 발송하는 가게들이다. 일반식을 할 때는 통을 들고 회를 사러 수산시장에 가면서 모아둔 아이스팩을 갖다 드리곤 했는데 반갑게 받아 주셨다. 다큐멘터리 <씨스피라시(Seaspiracy)>를 본 후 생선도 되도록 먹지 않으려 한 올해는 수산시장 대신 비건 베이커리에 갔을 때 모은 아이스팩을 갖다 드렸다. 사장님이 그걸 받으시며 고맙다고 작은 서비스도 통에 담아 주셨다.

'플로깅(Plogging)'이라는 것이 있다. '이삭을 줍다'라는 뜻의 스웨덴어 'Plocka upp'와 영단어 'Jogging'의 합성어로 쓰레기봉투를 들고 길가의 쓰레기를 주우며 달리는 새로운 개념의 운동이다. '줍깅'이라는 귀여운 한국식 애칭도 있다.

나는 정식으로 플로깅을 해본 적은 없지만 아주 작게 실천하는 것이 있다. 산책하면서 보이는 투명 페트병 줍기다. 우리가 쉽게 버리는 온갖 플라스틱은 복합 소재라서, 크기가 너무 작아서, 색깔이 있어서 등 이런저런 이유로 재활용되기 어렵다고 한다. 하지만 그중 투명한 페트병은 재활용될 확률이 높다. 단 비닐 라벨을 제거하고 다른 것들과 섞이지 않게 따로 모은다면. 그래서 정부에서도 2020년 12월부터 '투명 페트병 별도 분리 배출제'를 실시했다. 반가운 소식이다.

그래서 산책하다가 누가 버린 투명 페트병이 보이면 그냥 지나치지 못하고 줍는다. 남이 버린 쓰레기를 줍는 건 유쾌하지 않지만 그래도 투명 페트병은 죄가 없다. 녀석이 있어야 할 곳으로 데려다주기 위해 집에 가져와 라벨을 제거하고, 씻고, 납작하게 밟아서 분리 배출하는 날 투명 페트병 전용 수거함에 넣는다.

주의할 점은 카페 테이크아웃용 투명 컵은 이 수거함에 넣으면 안 된다는 것이다. 다 같은 투명 플라스틱처럼 보여도 테이크아웃 컵은 저마다 소재가 달라 분류가 힘들기에 재활용되지 못하고 소각된다. 테이크아웃 컵도 투명 페트로 소재를 통일하는 법이 생기면 좋겠다고 생각한다. 그럼 비로소 그들도 데려다줄 수 있는 자리가 생기겠지.

하지만 아무리 투명 페트병을 모아서 재활용해도 연금술을 하지 않는 한 플라스틱은 플라스틱일 뿐이다. 투명 페트병은 주로 플라스틱 섬유의 원료가 되는데 그 섬유 역시 썩지 않고 세탁할 때마다 미세 플라스틱이 나온다고 하니 결코 완벽한 해결책은 아니다. 재활용을 믿기보다는 더 많은 사람이 개인 물병이나 텀블러를 사용하면서 사용량 자체를 줄이는 방향이 최선이다.

° 길 잃은 쓰레기의 손을 '여럿이 함께' 잡으면

플라스틱병을 따면 손에는 작은 뚜껑이 남는다. 그것 역시 작아도 엄연한 플라스틱이다. 몸집이 작은 게 죄는 아니지만 냉혹한 재활용의 세상에서는 작은 것도 죄다. 병뚜껑들은 버릴 때 플라스틱으로 분리 배출해도 선별장 단계를 통과하지 못하는 게 현실이다. 그 억울한 운명에 주목한 사람들이 있었다. 서울 환경 연합 활동가님들이다. '플라스틱 방앗간' 프로젝트는 그 작은 병뚜껑들을 구제하기 위해서 시작됐다. 시민들이 플라스틱 병뚜껑을 모아서 플라스틱 방앗간에 기부하면 가공 처리를 거쳐 치약 짜개, 비누 받침, 가방에 거는 고리같이 작은 소품들로 재탄생한다. 흥미로운 프로젝트에 나도 뚜껑을 보태고 싶어서 몇 달간 모아봤지만 제로웨이스트를 하는 나는 플라스틱병에 담긴 음료를 마시지 않기 때문에 뚜껑도 잘 생기지 않았다. 그러다가 문득, 함께 모아보면 어떨까 생각이 들었다. 바로 우리 반 학생들과 말이다. 그렇게 탄생한 게 '우리 반 플라스틱 방앗간 챌린지'다.

초등학생들과 함께 하는 프로젝트인 만큼 뭔가 재미있는 요소를 넣고 싶었다. 그래서 떠오른 아이디어가 '추억의 뽑기판'이다. 종이 위에 '영수증'이라고 쓰고 그 밑에 어떤 학생이 몇 개의 병뚜껑을 기부했는지 기록했다.

예를 들어 길동이가 13개의 병뚜껑을 모아왔으면 영수증에 '1~13 : 홍길동'이라고 적었다. 그다음에 길순이가 10개를 가져오면 아래에 '14~23 : 홍길순' 이렇게 기록하는 식이다. 그러다가 프로젝트가 끝나는 날 숫자 뽑기 프로그램으로 행운의 숫자를 추첨해서 나온 번호에 해당하는 학생들에게 작은 선물을 주기로 약속했다. 다행히 학생들이 적극적으로 참여해줬다. 일주일 전 예고하고 드디어 돌아온 월요일, 챌린지가 시작됐다. 아침에 출근하니 병뚜껑을 손에 든 학생들이 벌써 길게 줄 서 있다. 미리 예고한 덕인지 하루 만에 100개가 넘는 병뚜껑이 모였다. 그렇게 챌린지가 순조롭게 이어지는 동안 몇십 개를 무겁게 들고 오는 친구도 있었고 두세 개를 수줍게 내미는 친구도 있었다. 가장 기억에 남는 친구는 아버지와 주말에 분리수거장에 가서 뚜껑을 죄다 모아왔다고 말한 친구였다. 코로나19 바이러스만 아니었으면 한 번 꼭 안아주고 싶을 정도로 사랑스러웠다.

마침내 한 달이 지나고 우리 반이 모은 병뚜껑의 개수는? 무려 997개였다. 내 예상을 훨씬 뛰어넘는 숫자였다. 이 많은 걸 재활용할 수 있겠구나 뿌듯한 동시에 이만큼 우리 일상이 페트병으로 점령됐다는 걸 증명하는 것 같아서 씁쓸함도 교차했다. 나와 함께 이 결과를 눈으로 확인한 어린 학생들도 꽤 놀란 눈치였다.

약속대로 행운의 뽑기를 하며 즐겁게 챌린지를 마무리한 후 나는 그 997개의 병뚜껑에 내가 모은 3개의 병뚜껑을 더했다. 그리고 우리 동네 제로웨이스트숍으로 향했다. 그곳에 전달한 1,000개의 병뚜껑들은 플라스틱 방앗간으로 무사히 도착했을 것이다.

플라스틱 방앗간 챌린지에서 어떤 교육적 가치를 발견한 나는 두 번째 챌린지도 준비하고 있다. 이름하여 '플라스틱 방앗간 챌린지 2: 멸종 위기 탈출'. 이번에도 한 달간 플라스틱 병뚜껑을 모으되 멸균 팩과 종이팩도 함께 모아보려고 한다. 우유, 두유, 주스 등을 담는 멸균 팩과 종이팩은 겉으로는 종이처럼 보여도 안에는 비닐이나 은박지로 덮여서 액체를 담을 수 있는 구조다. 이들은 두루마리 휴지의 원료가 될 수 있는 훌륭한 자원인데 다른 종이와 섞이지 않게 팩끼리 모아서 그것을 수거하는 장소(주민센터, 한살림, 제로웨이스트숍 등)에 전달해야만 새 생명을 얻을 수 있다. 그리고 반드시 팩 안의 내용물을 깨끗하게 헹군 후 가위로 잘라 납작한 전개도 모양으로 펴서 말린 후 전달해야 한다.

올바른 방법을 몰라서, 혹은 귀찮아서 대충 종이와 섞어 버리는 경우가 많은데 그러면 귀한 자원이 그냥 쓰레기가 되어 버린다. 이 안타까운 현실에 주목한 분들이 계셨다. 인터넷에서 그분들이 만든 '멸종 위기: 멸균 팩과 종이팩의 위기 탈출'이라는 제목의 포스터를 발견한 순간 나는 그 '브릴리언트'한 작명 센스에 감탄하며 무릎을 쳤더랬다. 학생들에게 소개하기 좋은, 귀에 쏙쏙 박히는 이름이다. 우리 반도 그 멸종 위기 프로젝트에 작게나마 힘을 모아 도움이 되어 보고자 한다.

요즘 동네마다 생기고 있는 제로웨이스트숍 역시 쓰레기가 될 운명의 물건들을 제자리로 데려다주기 좋은 장소다. 가게마다 수거하는 품목이 조금씩 다르긴 하지만 종이팩, 멸균 팩, 플라스틱 병뚜껑, 유리병, 헌 에코백, 깨끗한 운동화 끈, 심지어 잘 말린 커피 가루 찌꺼기까지 기부받는다. 도대체 커피 가루 찌꺼기는 어떻게 쓸까 궁금해 찾아보니, 화분 등으로 재탄생한다고 한다.

'쓸킷'이라는 단체는 버려지는 빨간 양파망, 헌 크레파스, 케이크에 딸려 오는 가느다란 생일 초까지 기부받아서 업사이클링한다. 난감하게도 비닐 뽁뽁이가 한가득 생겼을 때는 우체국에 가져가면 받아 준다.

내가 애쓰지 않아도 누군가, 어떤 단체가, 정부가 쓰레기 문제를 잘 처리하리라 낙관하던 '어른이'로 마음껏 버리며 살다가 지금의 쓰레기 대란에 이르렀다. 이제는 남만 믿고 있기에도, 남 탓만 하고 있기에도 시간이 없다. 조금 수고롭더라도 쓰레기가 될 뻔한 것들의 손을 꼭 잡아 제자리를 찾아 데려다주고 돌아오는 그 길 위에서, 어른이가 조금씩 어른이 되고 있다.

물을 부디 '물 쓰듯' 씁시다

얼마 전 책을 읽다가 알게 된 사실이 있다.

> 1989년에 번역 출간된 《상실의 시대》에서는 여성인 나오코가 동갑인 남성 와타나베에게 존댓말을 하는 것으로 번역되어 있다. 1993년에 번역 출간된 《국경의 남쪽, 태양의 서쪽》에서도 사정은 마찬가지다.
>
> _《아무튼, 하루키》 중에서

소설 속 남녀 주인공 와타나베와 나오코는 동갑인 동급생이며 실제 무라카미 하루키가 쓴 일본어 원서도 둘은 당연히 반말로 대화한다. 두 책 다 최근 펴낸 개정판에서는 반말로 대화하는 것으로 수정되었다고 한다. 그럼 도대체 왜 1989년 판 《상실의 시대》에서 나오코는 존댓말을 하고 있을까?

1989년은 내가 기저귀를 차고 호돌이 무늬 수건을 덮고 자던 시절이다. 그때 기억이 난다고 하면 거짓말. 대신 조금 더 커서 유치원 다닐 때 부모님과 텔레비전 앞에 앉아서 주말 연속극을 꽤 열심히 시청했던 기억은 선하다.

1995년에 방영되어 인기를 얻었던 주말 드라마 <목욕탕집 남자들> 속 중년 부부를 보자. 주로 반말로 호통치는 남편, 존댓말로 다소곳하게 대답하는 아내가 있다. 지금 기준으로 보면 매우 부자연스럽지만, 그랬던 시절이다. 1989년에 《상실의 시대》를 번역하던 번역가가 나오코의 말끝을 원서와 다르게 바꿨던 것은 그런 시대적 분위기에서 이해해 볼 수 있겠다.

이처럼 시간이 흐르고 그 사회가 추구하는 가치, 자연스럽게 여기는 것들이 변화하면서 언어에도 변화가 찾아온다. 그래서 과거에는 자연스러웠던 언어가 지금은 어색하고 생경하게 느껴지기도 한다. 대표적인 것이 '물 쓰듯'이라는 표현이다.

° 물 쓰듯(관용구)

: 돈이나 물건 따위를 함부로 매우 헤프게 쓰는 모양을 비유적으로 이르는 말.

국어사전에서 찾은 '물 쓰듯'의 뜻이다. 그냥 헤프게도 아니고 '함부로 매우 헤프게'란다. 그 어감이 어느 정도인지 훅 와닿는다.

° 물을 물 쓰듯 했던 나날

호돌이 수건을 쓰고 <목욕탕집 남자들>을 보던 시절에 내가 살던 곳은 어느 주택의 3층에 있던 작은 집이었다. 그때 우리 집 화장실 수도꼭지는 두 개였는데 왼쪽은 찬물용 오른쪽은 뜨거운 물용이라서 적당히 돌려 물의 온도를 조절하는 식이었다. 수도꼭지를 조금 돌리면 물이 조금 나왔고 많이 돌리면 많이 나왔다.

그러다가 후에 아파트로 이사를 하게 되었는데 그때 만난 새로운 수도꼭지는 어린 초등생 마음에 상당한 문화충격을 선사했다. 수도꼭지는 하나밖에 없었고 위로 올리면 물이 나오고 아래로 내리면 물이 멈췄다. 오른쪽 왼쪽으로 돌리면 그 각도에 따라 물의 온도가 바뀌는 것도 신기했지만 내 마음을 사로잡은 건 단연 그 호쾌한 물기둥이었다. 주택에 살 때는 아무리 수도꼭지를 많이 돌려봤자 물기둥이 투명했는데 새로 이사한 아파트에서는 힘들일 필요 없이 손잡이를 위로 턱 올리면 바로 '쏴와아아아-!' 소리를 내며 '흰색' 물기둥이 세면대를 강타했다. 그 기백이 어찌나 당찬지 옆으로 작은 물보라가 보일 지경이었다.

생각해보면 대한민국에 사는 우리에게 '물'이란 '물 쓰듯'이란 관용구에 걸맞게 참 흔한 것이었다. 여름마다 장마철이 되면 하늘에 구멍이 뚫린 듯 비가 쏟아졌고, 웬만한 화장실에서는 거의 손잡이만 올리면 엄청난 수압으로 끊임없이 물이 흘러나왔다. 마실 물이 부족해 본 적도 없다. 아기 때는 엄마가 수돗물에 보리차 넣고 끓여 주던 주전자 속 노란색 물을 마셨고 수돗물이 좋지 않다는 소문이 돌자 아빠가 매주 떠오시던 약수터 물을 마시던 시절을 지나, 이제는 돈을 지불하고 페트병에 든 물을 사서 마신다. 소리 없이 스며든 환경 오염으로 수돗물도 약수터도 잃었으나 그 빈자리를 차지한 생수 값이 대단히 싸단 이유로 우리는 괘념치 않았다. 그때도 환경 보호에 관심이 있는 편이었지만 물이 무언가를 오염시키는 것은 아니라 여겼기에 먹다 남은 물은 거침없이 버리고 새 물을 뜬어 마셨다. 겨울에 샤워를 할 때는 춥다는 이유로 한참 동안 온수를 틀고 물줄기를 즐겼고, 귀찮다는 이유로 비누칠을 할 때도 물을 틀어 놓고 몸만 옆으로 빠져나온 적도 있었다.

그렇게 시간이 흘러 노란 미세먼지가 한국의 상공을 점령하는 게 뉴스가 아닌 일상이 되어갈 때쯤 제로웨이스트를 시작했다. 그리고 내 주변의 모든 것들이 그 전과는 다르게 보이기 시작했다. 그중에는 물도 있었다. 그 때쯤 나는 결혼을 했는데, 독립 후 첫 관리비 통지서를 보고 깜짝 놀라 침을 꿀꺽 삼켰다. 쓴 양에 비해 수도세가 터무니없이 저렴했기 때문이다. 한 달 동안 나와 남편이 사용한 물의 값은 1만 원도 채 되지 않았다.

하늘에서 내려온 맑은 빗물이 자연스레 강물로 졸졸 흐르다가 우연히 우리 집 화장실까지 도착했다는 동화는 믿지 않기에 진심 놀랐다. 물을 정화하고 그 먼 곳에서부터 각 가정으로 운반해 준 건 착한 요정의 지팡이가 아니라 '전기'다. 그뿐인가? 쓰고 흘려 버린 하수를 정화하는 데도 어마어마한 전기와 시설과 인력이 필요하다. '물'이라는 단어 카드의 뒷면에는 필연적으로 전기, 석유, 원자력, 탄소 배출, 매연, 기후 위기, 미세먼지라는 단어들이 한없이 꼬리를 물고, 작지만 분명하게 적혀 있는 것이다.

'정화'라는 단어 역시 마법이 아니다. 내가 버린 하수가 하수처리장(요즘 말로는 물 재생 센터)을 통과했을 뿐인데 산천어가 뛰노는 일급수로 탈바꿈하는 기적은 일어나지 않을 것이므로 결국 어느 정도 타협된 생활 하수가 방류된다. 바다로 흘러간 하수는 필연적으로 여러 문제를 일으킬 것이다. 만일 생수를 마신다면? 그 '생수'라는 단어 카드 뒷면에는 병을 생산, 운반 시 배출된 탄소와 함께, 버려진 페트병 쓰레기가 산처럼 쌓여 있는 그림이 그려져 있을 것이다.

당장 내게 보이지 않는, 혹은 보지 않으려 하는 카드 뒷면의 수많은 외부 효과까지 감안하면 우리가 물 쓰듯 쓰고 마시는 물에 매겨진 가격표는 실소가 나올 만큼 싸다. 물을 물로 보면 안 된다.

◦ 물로 보다(관용구)

: 사람을 하찮게 보거나 쉽게 생각하다.

아차, 물로 본다는 말도 더는 함부로 쓰면 안 되겠구나….

물값이 터무니없이 싸다는 것에 충격을 받자 물 절약에 대한 강한 의지가 화르륵 솟았다. 저렴해서 화가 난다는 것이 뭔가 인과관계가 이상하긴 하지만 아무튼 대단히 열받았던 건 확실했다.

몇 톤의 물을 써도 그 외부 효과에 대한 가격은 청구하지 않는 현실에 열렬히 항의하는 의미로 나는 아무도 알아주지 않는 물 절약 프로젝트를 시작했다. 먼저 양치 습관부터 바꿨다. 집에서 작은 실험을 해 봤는데 1리터 들이 통을 받쳐두고 물을 최대한 세게 틀어 두었더니 딱 7초 만에 가득 찼다. 만약 물을 최대로 틀어 놓은 채로 양치를 한다면? 단 1분 10초 만에 무려 10리터의 물이 줄줄 샌다는 뜻이다. 그래서 유치원에 다닐 때 이후로 처음으로 양치 컵을 사용해 양치하기 시작했다. 그런데 여기에서 나는 또 한 번 놀랐다. 양치하고 입안을 헹구고 칫솔까지 씻는 데 필요한 물의 양은 고작 한 컵, 많아야 한 컵 반 정도였다. 물론 거기에는 두 개의 비결이 있는데 하나는 치약을 칫솔의 4분의 1만큼만 짜서 쓰는 것이다. 사실 양치의 핵심은 치약의 풍성한 거품이 아니라 성실한 칫솔질과 꼼꼼한 치실, 치간 칫솔의 사용이라고 한다. 다른 하나는 혀 클리너다. 양치 후 혀에 허

염게 붙은 치약 잔여물을 제거하는 데는 혀 클리너만 한 게 없다. 그걸로 혀 위를 샤샤 긁어낸 후에는 많지 않은 양의 물로도 입 안을 개운하게 헹굴 수 있다.

언젠가 일본 작가가 쓴 미니멀리즘 책을 읽었는데 책 속에서 '연필 굵기 정도의 물로 충분히 설거지를 할 수 있다.'라는 문장을 발견하곤 바로 실습에 들어갔다. 설거지할 때는 먼저 통에 물을 담아서 그릇을 애벌로 씻는다. 기름기가 많은 그릇의 경우 물에 넣기 전에 먼저 기름을 휴지나 헌 옷 조각으로 닦아낸다. 그 다음 고무장갑 낀 손에 설거지 비누를 슬쩍 비며 거품을 내서 그릇을 닦는다. 이렇게 한 뒤 마지막 과정에 비로소 물을 튼다. 물보라를 일으키는 호쾌한 물기둥이 아니라 연필 굵기로 졸졸 흘러나오는 물은 투명하고 조용해서 예쁘다. 그 물로 거품이 씻길까 싶겠지만 결론부터 말하면 매우 충분하다. 단, 내 손은 가만히 쉬고 수압만으로 그릇을 씻으려는 꾀는 금물. 졸졸 흘러나오는 물과 함께 천연수세미를 든 내 손이 바쁘게 움직이며 그릇의 거품기를 닦아내야 한다. 이윽고 접시를 더듬는 손에 뽀득뽀득함이 느껴지면 설거지가 끝난다. 비누 거품을 과도하게 사용하지 않는 것이 전제되어야 함은 물론이다.

세탁할 때도 물을 낭비하지 않으려면 어떡해야 할까? 세탁기 회사에서 정한 적정 헹굼 횟수는 사실 2번이다. 물론 적정량의 세제를 사용했을 때의 이야기다. 세제마다 뒷면에 적정량을 적어 두었지만, 세탁물 Xkg당 YmL라는 식이라서 잘 와닿지 않는다. 백 명의 주부가 백 개의 느낌대로 세제를 투입하는 이유다.

굉장히 깔끔한 성격을 지닌 한 선생님은 내게 이렇게 말씀하셨다.

"나는 옷감에 세제 남을까 봐 헹굼 다섯 번 해."

이해는 간다. 내가 적정량을 넣었는지 많이 넣었는지 불안한 상태인데 남은 세제라는 건 눈에 보이지 않으니. 찝찝해서 헹굼을 다섯 번 하더라도 물값은 비싸지 않으니까 제법 영리한 대처다. 하지만 만약 각 가정이 평균 빨랫감 무게에 대한 세제의 양을 알아 놓는다면 추가 세 번의 헹굼 물을 절약할 수 있을 것이다.

나는 보통 사용하는 빨래 바구니가 꽉 차면 세탁을 하는데 어느 날 꽉 찬 바구니를 체중계에 올려서 무게를 재 보았다. 그걸 평균값으로 잡아 비커로 세제 양을 측정한 후 세제 뚜껑에 네임펜으로 '여기까지'라고 선을 그었다. 생각보다 많은 양의 세제가 필요하지 않았다. 만일 고농축이라고 광고하는 세제라면 그 양은 더 줄어들 것이다. 조금 번거롭지만 하루만 날을 잡아서 해보면 물도, 세제도 꽤 많이 절약할 수 있는 팁이다.

샤워할 때도 처음에 나오는 물은 몸에 닿기에 너무 차가워서 무심코 흘려보냈었는데 생각해보니 그 물의 처지가 자못 처량하다. 똑같이 에너지를 들여서 우리 집까지 왔는데 죄 없이 버려진다니…. 앞에서 언급한 것처럼 7초면 1리터, 14초면 2리터의 물이 그대로 낭비된다. 별거 아닌 것 같이 보여도 일주일, 한 달, 일 년이 쌓이면 무시할 수 없는 양이 된다. 그래서 나는 욕실에 안 쓰는 플라스틱 통을 하나 두었다. 처음에 나오는 냉수를 모으는 용도다. 해보니 처음 15초 정도 물을 모으면 그 후에는 온수로 바로 샤워할 수 있었다. 그렇게 모은 물은 가습기를 채울 때도 있고 식물에 줄 때도 있고 변기 수조에 넣을 때도 있다.

° 이왕 변기 이야기가 나왔으니 말인데요

이왕 변기 이야기가 나왔으니 조금 더 하겠다. 양변기의 경우 한 번 물을 내리면 몇 리터의 물이 사용될까? 한 번에 무려 7리터 이상의 물이 사용되며, 수압이 특히 호쾌한 곳이라면 10리터 이상이라고 보면 된다. 2013년에 '양변기 물을 내릴 때 6리터가 넘으면 안 된다.'는 절수법이 시행됐지만 유명무실한 상태다. 나도 물론 더러운 화장실은 질색인 차가운 도시 여자이기 때문에 볼일 후 뒤처리에 꼭 필요한 물이라면 그냥 넘어가고 싶다. 그런데 나의 실험 결과, 훨씬 적은 물로도 크고 작은 볼일이 깨끗하게 내려간다.

어떻게 실험했냐고? 양변기에 앉았을 때 등이 닿는 곳은 변기의 수조다. 그 위의 뚜껑을 열어 보면 우리가 사용할 물을 볼 수 있는데 깨끗한 수돗물이 담겨 있다. 알뜰한 집들은 거기에 벽돌을 넣어 물을 아낀다는 이야기를 들은 적 있는데 그렇게 벽돌을 찾자니 막막해서 작은 페트병을 구해 속에 물을 가득 채워 수조에 넣어 봤다. 처음에는 하나로 시작했는데 '이게 진짜로 되네?' 싶어서 하나 더, 하나 더 추가하다 보니 총 네 개나 들어갔다. 말없이 잠자코 남편의 반응을 살피며 여차하면 페트병을 뺄 준비를 했는데 그 예민한 남자가 몇 년 동안 눈치채지 못하고 있을 정도니, 기본 세팅된 물 양의 3분의 2 정도로도 문제없다는 건 확실하다.

이 외에 쌀 씻고 쌀뜨물 버리지 말고 요리할 때 활용하기, 손 씻을 때 물 잠그고 거품 내기 같은 습관도 사소하지만 모이면 꽤 많은 양의 물을 절약할 수 있다. 급기야 올해는 길었던 머리를 단발로 싹둑 잘랐다. 이미지 변신을 노린

거였지만 머리를 감는 데 드는 비누와 물, 수고와 시간도 덩달아 절약되었다.

° 물은 곧 생명이다

몇십 일 단식을 해도 버틸 수 있는 인간의 몸이지만, 물은 고작 일주일 마시지 못하면 그 전에 사망한다. 맑은 물이 없다면 인간은 살 수가 없다.

해가 갈수록 기후 위기가 피부에 와닿는다. 어느 해 여름에는 거의 하루도 안 빼고 비가 오더니, 다음 해 여름은 갑자기 한반도가 동남아로 빙의해서 장마는 사라지고 스콜같이 짧은 비가 치고 빠지길 반복한다. 내년엔 비가 많이 올까? 적게 올까? 가뭄일까? 정답은, '슈퍼컴퓨터도 모른다'겠지.

크리스천 베일, 라이언 고슬링, 스티브 카렐 주연의 영화 <빅 쇼트>는 미국 월가를 배경으로 서브프라임 모기지 사태가 일어나기 직전 그것을 예측한 몇 금융가들의 이야기를 담은 영화다. 작중 스티브 카렐이 연기한 '마이클 버리'는 미래를 내다보는 혜안을 지닌 펀드 매니저다. 실화 바탕의 영화들이 늘 그렇듯 엔딩 크레딧이 올라가기 전 실제 인물들의 근황을 자막으로 보여주는데 여기에 마이클 버리의 근황도 나온다.

> "마이클 버리는 2008년 글로벌 금융위기 발생으로 큰돈을 번 뒤 자신이 운영하던 헤지펀드를 청산하고 개인 투자에 나섰다. 그가 투자하고 있는 자산은 단 하나인데 … 바로 '물'이다."

우리가 한 번 쓰고 쉽게 버리는 물과 전기가 쌓여 임계점을 넘는 순간, 상황은 반전되면서 뒷면에 작게 쓰여 있던 온갖 외부 효과의 벌칙이 현실에 펼쳐질 것이다. 바다가 심각하게 오염되고 홍수와 가뭄, 폭염을 더는 예측할 수 없게 되어 맑은 물이 넉넉지 않은 상황이 오면 맑은 물을 차지한 자가 모든 이의 생명줄을 쥔 권력을 가지게 되겠지. 남다른 혜안을 지닌 펀드 매니저가 투자하는 '미래의 황금'이 바로 물이라는 사실에 가슴이 덜컥 내려앉는다.

영화 배트맨 시리즈 속 고담시티같이 괴이한 풍경이 그려진다. 멀리 영화 속에서 찾지 않더라도 2020년 '붉은 수돗물', '수돗물 속 유충' 뉴스는 웬만한 공포영화 빰치게 무서웠다. 그럼에도 불구하고 음식물 처리기를 통해 음식을 갈아 물에 버리는 일부 사람들의 간 큰 대담함이 놀랍다. 멀리 있어 보이던 디스토피아가 이렇게 성큼성큼 다가온다. 그 걸음을 최대한 늦추고 싶기에 오늘도 나는 몇 푼 안 되는 물 절약에 열과 성을 다하고 있다.

서두에 이야기했듯 언어는 시대를 반영하여 끊임없이 바뀐다. 2050년의 국어사전은 지금과 많이 달라져 있을 테다. 그중에 대표적으로 뜻이 바뀔 관용어 하나를 2020년대 사람들에게 미리 소개한다.

° 물 쓰듯(관용구)

: 돈이나 물건 따위를 세상에 둘도 없는 것이나 생명 유지에 필수적인 소중한 것을 다루듯 매우 아끼고 아껴 쓰는 모양을 비유적으로 이르는 말.

마음은 사고팔 수 없어요

중국의 이름난 문장가 구양수는 글을 쓰면 벽에 붙여 놓고 시간 나는 대로 고쳤다고 한다. 어떤 글은 완성 단계에 이르자 처음 썼던 글에 있던 글자 중 단 하나도 남지 않았다는 전설적인 이야기가 전해진다.

글쓰기에는 단계가 있는데 가장 먼저 자유롭게 써 내려간 글을 '초고'라고 한다. 초고를 완성한 후에는 문장을 다듬고 고쳐 나가는 '퇴고'라는 단계가 있다. 퇴고가 끝나고 완성된 원고가 내 손을 떠나는 단계가 '탈고'다. 노벨문학상을 수상한 작가 어니스트 헤밍웨이가 '모든 초고는 쓰레기다.'라는 유명한 말과 함께 《노인과 바다》의 초고를 몇 백 번이나 퇴고한 후에야 비로소 탈고했다는 일화도 있다.

난데없이 초고와 퇴고 이야기로 글을 시작한 이유는 내가 초고 한 꼭지를 퇴고하고, 퇴고하고 또 퇴고하다가 오늘 기어이 엎어버렸기 때문이다. 결국 컴퓨터 화면의 페이지를 깨끗하게 비우고 다시 처음부터 적기 시작했다.

'중국의 이름난 문장가 구양수는….'

나름 멀끔했던 초고를 엎어버릴 수밖에 없었던 이유는 얼마 전에 나눴던 짧은 대화가 계속 마음이 남아서다. 유명 제로웨이스트숍 알맹상점의 전신에 관한 글인 '어느 제로웨이스트숍 이야기'를 쓰고 그걸 인연으로 알맹상점 고금숙 대표님과 온라인으로 짧게 대화할 기회가 있었다.

"소비를 조장하지 않는, 행동하는 가게가 되어야 하는데 그건 정말 자본주의 사회에서 어려운 일이더라고요. 우리가 하는 것이 과연 효과가 있을까, 결국 갑자기 유행하는 친환경 라이프 스타일을 소비하는 것만으로 세상은 안 변하는데…"

맞다. 요즘은 친환경 라이프 스타일이 확실히 유행이다. 그 시류를 타고 제로웨이스트숍도 많이 늘어났고 관련 도서도 많이 출간되고 유튜브 방송도 활발하다. 나 역시 요즘의 분위기가 반갑지만 동시에 조금 불안하다. 이 유행이 이전에 유행했던 미니멀라이프와 겹쳐 보인다는 인상을 받았기 때문이다.

미니멀라이프는 불필요한 물건이나 일을 줄이는 단순한 생활방식을 의미한다. 그러나 검색창에 미니멀라이프라고 쳐 보면 어떤 정형화된 이미지가 가득하다. 텅 빈 방, 하얀 벽, 그 벽에 잘 어울리는 하얗고 둥근 테이블, 그 위에 무심히 놓인 북유럽 잡지, 그 옆에 몬스테라 화분, 상부장이 없는 부엌, 벽에 가지런히 걸린 무채색의 조리 도구…. 그렇게 본질에서 벗어난 일부 미니멀리즘은 '다 버리고 소위 미니멀 인테리어에 어울리는 것을 새로 사라는 마케팅'이란 조롱을 받기에 이르렀다.

미니멀라이프와 마찬가지로 제로웨이스트도 본래 정신은 절대 '소비를 조장하지' 않는다. 아니, 오히려 정반대다. 이름 그대로 낭비가 없는 삶을 지향하는 제로웨이스트는 단순히 플라스틱을 몰아내자는 운동에서 그치는 것이 아니라 모든 자원, 모든 에너지를 함부로 버리지 않는 삶의 태도다. 그러나 뭔가를 계속 사들이면서 동시에 버리지 않는 삶은 불가능하다. 그러니 '되도록 새로운 걸 사지 말고 이미 가진 물건을 소중하게 아끼며 오래 사용하자'는 것이 제로웨이스트 정신이다. 그런 관점으로 보면 가장 친환경적인 옷은 내 옷장에 있는 옷이며 가장 친환경적인 물건은 내 집에 있는 물건이다. 그러나 사실 이런 도덕책 같은 말은 듣는 재미가 없다. 이미 가진 내 물건들은 흥미롭지도 않다.

그래서일까? 제로웨이스트가 점점 변질된 미니멀리즘을 닮아간다.

° 쓰레기를 만들지 않기 위해 무언가를 새로 사는 아이러니

인터넷 검색창에 '제로웨이스트'를 적고 이미지 검색을 클릭하니 바로 수십 개의 천연수세미 사진이 떴다. 한참 스크롤을 내려 보니 삼베 실로 뜬 수세미, 설거지 비누, 스테인리스 집게, 샴푸바, 대나무 칫솔, 아이보리색 매쉬백 사진도 보인다. 나무 탁자 위에 물건을 정갈하게 놓고 찍은 사진들이다. 분명 예쁘고 포근한 이미지지만 어딘가 불편한 느낌과 함께 기시감이 들었다. 과거 미니멀리즘 마케팅 속 하얀색 라운드 테이블이 따뜻한 나무 테이블로 바뀌고, 킨포크 잡지가 앵글에서 사라진 대신 천연수세미와 대나무 칫솔과 샴푸바가 그 자리를 채운 것이다. 알맹상점 대표님이 하셨던 말씀 중 '소비를 조장하는'이라는 대목이 의미심장하게 다가온다.

그래서 결국 나는 초고 하나를 엎었다. 원래 이 꼭지의 초고는 천연수세미, 삼베 수세미, 설거지 비누, 소프넛, 밀랍랩을 소개하는 내용이었다. 약 1년 전 남편의 친한 친구가 결혼할 때 저 물건들을 종이봉투에 담아서 결혼 선물로 전달했던 적이 있다. 그때 그 물건들을 설명하는 짧은 편지를 썼던 경험에서 착안해 신혼부부에게 보내는 편지 형식으로 제로웨이스트를 돕는 물건들을 설명하는 글이었다. 나름 참신한 글을 썼다고 좋아했지만, 대표님과의 대화를 곱씹다가 깨달았다. 내가 쓴 글이 자칫 제로웨이스트를 하려면 어떤 물건을 사야 한다는 듯한 왜곡된 메시지를 전달할 수 있다는 것을. 그래서 엎었다.

천연수세미와 설거지 비누, 동그란 샴푸바와 린스바. 90일 후 생분해된다는 소위 '친환경' 음식물 쓰레기봉투, 종이테이프, 옥수수 전분으로 만들어서 물에 녹는다는 완충재, 성기게 짠 아이보리색 매쉬 장바구니를 들고 찾아가는 마르쉐, 신용카드에 붙이는 '빨대를 거절합니다'라는 깜찍한 스티커까지! 미니멀한 킨포크 감성을 갈색 크라프트지로 감싸고 나무색 스푼으로 '윤리'까지 한 숟갈 더하니 나무랄 데 없는 어떤 이미지가 완성된다. 이렇게 점점 친환경은 '돈으로 살 수 있는 어떤 것'이 되어가고 있었다.

인터넷을 떠돌다가 이런 일화도 발견했다. 계란, 버터, 우유를 쓰지 않는 비건 베이커리에 방문한 어떤 사람이 계산을 하면서 주인에게 말을 건넨 장면이다.

"저는 고기 안 먹기 못하겠던데 비건을 실천하신다니 대단해요."

그랬더니 주인의 대답.

"저도 고기 좋아하는데요?"

둘이 멋쩍게 웃었다고 한다.

기분이 묘해졌다. 비건 베이커리를 운영한다고 해서 주인이 비건일 거라고 섣불리 생각하는 건 고정관념이었던 것이다. 직업 선택의 자유를 보장하는 대한민국에서 저 가게는 아무런 법적, 도의적 잘못이 없다.

얼마 전엔 친환경 유기농을 대대적으로 홍보하는 생협에 들어갔다가 모든 것이 단단한 플라스틱으로 포장된 광경에 아연실색해서 뒷걸음쳐 나온 적도 있다. 물론 유기농 채소를 플라스틱에 포장하지 말라는 법은 없다. 하지만 그 운영자가 가지고 있는 '친환경에 대한 철학'이 과연 진정성 있는 것인지 합리적 의심을 해본다.

친환경적인 키워드가 매출에 도움이 되는 게 맞긴 맞는가 보다. 작은 가게뿐 아니라 요즘은 대기업들도 친환경에 열을 올린다. 근데 찬찬히 살펴보면 한숨이 나오는 경우가 많다. 충분히 더 많은 변화를 만들 힘이 있는 대기업임에도 불구하고 고작 겉봉투 하나, 빨대 하나, 포장지 하나 바꾸고는 연두색 글씨로 '착한 소비'라고 써서 생색을 낸다. 그린워싱이다.

◦ 그린 워싱(Green Washing)

: 실제로 환경을 위한 것이 아닌, 겉으로만 친환경 이미지를 갖기 위해 관련 활동을 하는 기업의 행동을 낮잡아 이르는 말.

엎어버린 글뿐만 아니라 전체 원고를 되돌아봤다. 그리고 반성했다. 내 글 역시 저런 기업처럼 소비를 조장하는 듯한 왜곡된 메시지를 열심히 전달했을지 모른다. 천 주머니를 재래시장에 내미는 장면은 적었으나 그 천 주머니에 화장품 브랜드 로고가 붙어 있는 건 생략했다. 사실 그건 집들이 선물로 받았던 방향제 상자가 들어 있던 주머니였다.

무쇠 프라이팬을 산 것은 적었으나 그걸 쓰레기 없이 사고 싶어서 반년간 중고나라를 탐색하며 시간을 끌다가 기어코 코팅 프라이팬이 망가졌다는 사연은 생략했다. 유기농 재료로 만든 질 좋은 비누를 사서 머리를 감는 건 적었으나 여행지 숙소에서 묵을 때 한 번 손 씻었을 뿐인 작은 비누가 아까워 굳이 집까지 들고 와 안방 화장실에 두고 닳을 때까지 쓴 건 생략했다. 일회용 생리대에게 작별을 고하고 면 생리대를 들였다고 적었으나 그 브랜드 일회용 생리대를 쓰는 지인을 찾고 또 찾아서 결국 남은 생리대를 전달했다는 건 생략했다. 화장실 휴지 대신 와입스를 쓴다고 적었으나 그걸 낡은 순면 베개 커버를 잘라 손바느질로 꿰매 만든 과정은 생략했다.

° 우리가 봐야 할 것은 물건 뒤에 숨은 '마음'

제로웨이스트를 도와주는 착하고 고마운 물건들이 있는 건 사실이다. 나 역시 그 물건들의 도움을 받으며 쓰레기를 줄여나가고 있다. 하지만 그 고마운 물건들조차 행여 낭비가 될까 봐 아까워하고 되도록 사지 않을 방법을 고민하는 마음이 바로 제로웨이스트다. 그 '마음'이 빠진 채 제로웨이스트가 몇 개의 예쁜 물건으로만, 딱 달콤한 정도의 그 감성으로만 남는다면 자본주의 속 돈 되는 산업의 한 카테고리로 전락할지도 모른다.

'또띠아'라고 쓰여 있는 지퍼백에 떡국 떡이 들어 있고, '잡곡'이라고 쓰여 있는 지퍼백에 대파가 들어 있어도 괜찮은 마음. 빈 잼병을 버리지 않고 고춧가루를 담아서 쓰는 마음. 그 빈 병조차 나오는 것이 불편해서 다음에는 과일을 사다가 서툴게 졸여보는 마음. 낡은 천연수세미조차 버리지 않고 모아놨다가 화분 분갈이할 때 플라스틱 그물망 대신 바닥에 깔아 보는 마음. 친구를 만나러 갈 때 내 다회용 빨대만 챙기지 말고 친구가 쓸 빨대도 챙겨 가는 마음. 아프리카에서 온 커피보다 보성에서 온 녹차를 선택하는 마음. 티백에서 미세 플라스틱이 나온다는 기사를 봤다고 집에 있던 티백을 단숨에 버리는 게 아니라 하나씩 뜯어서 찻잎을 모으는 마음. 볶음 요리를 먹은 후 남은 양념을 씻어내기 아까워 볶음밥을 볶는 마음. 겨울에 난방이 부족해 서늘하면 잠자코 내복을 꺼내어 입는 마음. 겨울의 딸기나 남미에서 온 아보카도는 장바구니에 넣지 않는 마음. 감성적인 흙빛 토분을 구입하는 대신 창고를 뒤져 오래된 화분을 꺼내 오는 마음. 예쁜 색 리본으로 소포장된 소면 대신 뚱뚱한 벌크 소면을 무겁게 들고 오는 마음. 엘리베이터 대신 계단을 오르는 마음. 담아 갈 통이나 주머니가 없을 땐 충동구매를 참는 마음.

세탁 세제의 정량이 50ml라면 그걸 40ml로 줄이고 대신 불리는 시간을 늘리면 어떨까 실험하는 마음, 두 개의 조명 중 하나만 켜는 마음. 흐르는 물도 아까워 양치할 때 컵을 쓰는 마음. 예쁜 양치 컵을 사는 게 아니라 쓰지 않고 처박아 둔 컵을 꺼내어 욕실에 두고 정 붙이고 쓰는 마음. 비닐로 포장된 최저가보다 포장되지 않은 걸 택하고 몇백 원을 더 내는 마음. 전자레인지의 해동 버튼을 누르기보다 몇 시간 후에 먹을 걸 미리 냉장고에서 꺼내 놓는 마음. 여름철 습기를 먹어 축축해진 대나무 칫솔에 질색하는 대신 볕 좋은 창가에서 오래 말리는 마음. 치약 튜브를 살며시 조금만 짜는 마음. 고체 치약 한 알도 반으로 깨물어 잘라 쓰는 마음. 뜨거운 음식이 완전히 식기를 기다렸다가 냉장고에 넣는 마음. 낡은 티셔츠를 잘라 주머니를 만들고 목도리를 풀어 다시 실로 만드는 마음. 가끔은 감성적인 마르쉐도 가지만 감성 없는 재래시장에 더 자주 걸어가는 마음. 넷플릭스 볼 때 화질을 한 단계 낮춰서 보는 마음. 국을 10분 끓이는 대신 7분 끓이고 3분은 여열로 뜸 들이는 마음. 직원이 무심코 집어 주는 한 뭉텅이의 냅킨 중 한 장만 남기고 바로 반납하는 마음. 한 장의 냅킨으로 입을 닦고 그걸 반으로 접어 다음에 두어 번 더 입을 닦는 마음. 그조차도 아까워 작은 손수건을 가방에 넣고 다니는 마음….

이런 것까지 글로 쓰면 너무 구질구질하지 않을까 싶어서 쓰기 주저했거나 생략하려던 이 마음들이 모여 진짜 제로웨이스트가 된다.

이런 마음은 누구도 팔 수 없고 누구도 살 수 없다. 그러므로, 누군가 제로웨이스트와 친환경을 팔고 있노라고 어서 사러 오라고 재촉한다면 그건 불가능한 일이니. 현명한 이여, 부디 속지 않기를.

나는 최선을 다하고 있다는 거짓말

아무리 열심히 노력한들 한 사람의 최선이란 것은 그 자신이 알고 있는 조그마한 영역을 넘을 수 없다. 비건을 알기 전 나는 제로웨이스트를 하며 비닐 한 장, 플라스틱 하나 안 쓰기에만 줄곧 골몰해왔고 그게 객관적으로도 '최선'일 거라고 착각하고 조금 우쭐했으며, 솔직히 말하면 다른 사람들을 조금 미워했었다.

왜 저 사람은 카페에서도 일회용 컵에 커피를 마실까, 왜 저 사람은 저렇게 자주 택배를 시킬까, 왜 저 사람은 자기 컵이 있어도 종이컵을 꺼내어 쓸까, 왜 저 사람은 장 볼 때 장바구니를 안 가져갈까, 왜 저 사람은, 왜 저 사람은, 왜 저 사람은….

나는 이렇게 불편하게 살면서 '최선'을 다하는데 무심히 플라스틱을 쓰고 버리는 수많은 사람이 원망스러웠다.

그러나 비건을 지향하며 인식의 영역을 넓히자 또 거기엔 내가 몰랐던 또 새로운 세상이 있었다. 그동안 나, 우물 안 개구리였던 거구나. 그리고 좀 더 인식이 확장된 세상에서 '새롭게 정의된' 최선이란 기준에 비추어 보면, 나는 과거에 결코 지구에 최선을 다한 게 아니었다. 내가 원망했던 다른 많은 사람과 마찬가지로.

° 내가 감히 내뱉던 '최선'이라는 단어는 얼마나 가벼웠던가

일본 작가 이나가키 에미코는 책 《그리고 생활은 계속된다》에서 그가 냉장고를 버리기까지의 과정을 이야기한다. 대형 신문사에서 일하며 남부럽지 않은 연봉을 받으며 살던 그는 동일본 지진을 계기로 현대인의 생활방식에 의문을 품는다. 원전이 폭발해서 주변 바다와 땅이 오염된 근본 원인은 우리가 숨 쉬듯 쓰고 있는 전기 때문이라는 것까지 생각이 이르자 그는 책임감을 느끼고 절전 생활에 돌입한다. 원래 전기를 많이 쓰지 않던 그였기에 책 속의 표현을

빌리자면 '마른 수건을 쥐어짜는 심정으로' 혹독하게 분투하며 절전을 해보지만 그런 노력에도 불구하고 전기 고지서 속 사용량은 크게 변화가 없다. 그러던 중 생각의 전환이 찾아온다. 전기를 줄이는 게 아니라 애초에 전기가 없다고 생각한다면? 그날부터 작가는 하나씩 가전제품을 버린다. 청소기를, 전자레인지를, 그리고 마지막으로는 냉장고까지 버렸다. 없으면 살지 못할 거라고 철석같이 믿었던 것들을 비우자 전에는 몰랐던 새로운 길이 보이면서 작가는 '전기 없이도 살 수 있다는 것'을 증명한다. 아니, 이전보다 오히려 더 잘 살 수 있게 되었노라고 역설한다.

제로웨이스트를 지향하며 비닐과 플라스틱을 쓰레기로 만들지 않으려 아무리 애를 써봐도 나는 전세계에서 손꼽히는 대도시의 일원으로서 전기도 쓰고 수도도 쓰고 석유로 움직이는 대중교통도 이용한다. 계단을 오르려 하지만 가끔은 엘리베이터도 타고, 더 가끔은 비행기를 타고 멀리 날아가기도 했다. 이 정도는 어쩔 수 없는 것이라고, 없으면 안 되는 것이라고 위안 삼기에는 이나가키 에미코 작가의 문장이 주는 울림이 너무 크다.

탄소는 눈에 보이지 않지만 거의 모든 것과 연관되어 있다. 내가 사는 집, 내가 앉아 있는 탁자, 내가 쓰는 스마트폰, 노트북…. 나를 둘러싼 모든 물건은 만들어지고 내 손에 들어오기까지 일정량의 탄소를 배출했다. 물건뿐 아니다. 넷플릭스 스트리밍으로 영화를 볼 때도, 유튜브 스트리밍으로 음악을 들을 때도, 줌으로 회의나 수업을 할 때도 탄소는 따박따박 규칙적으로 배출되고 있다.

비행기는 한 번 탈 때마다 톤 단위로 탄소가 배출되며(내가 과거에 탔던 뉴욕 왕복 비행기의 경우 1.1톤의 탄소를 배출한다고 한다!) 청바지 한 벌을 만드는 데는 무려 7,000리터의 물이 사용된다는 걸 뒤늦게 알고는 머리가 아득해졌다. 요즘은 전세계적으로 암호화폐 열풍이 불고 있는데 그 채굴 과정에서 어마무시한 전력이 사용되는 것도 생각하면… '무섭다.'

내 입에 들어가는 채소도 예외는 아니다. 아무리 비닐 포장 없는 제철 채소를 구해봤자 재배되는 과정에서 이미 검은 비닐멀칭이 사용됐다. 농약과 화학 비료도 이미 뿌려져 땅을 오염시키고 수많은 벌레를 죽였다. 그 농산물이 차로 운반되어 우리 동네 시장까지 도착하는 과정에서 탄소도 배출됐다.

커피, 아보카도, 바나나 등을 값싸게 내 입안으로 넣는 순간의 이면에는 플랜테이션 국가에서 자행되는 심각한 환경 파괴가 존재한다. 그뿐인가? 지구의 반 바퀴를 돌아 한국까지 도착하는 과정에서 푸드 마일리지가 소리도 없이 넉넉히 적립됐다. 이렇게 하나씩 다 따지다 보면 실망감에 맥이 탁 풀린다. 벌레나 풀조차도 살생하지 않으려 땅을 밟지 않고 다녔다는 상상 속의 신수(神獸), 기린이 되지 않는 이상 '지구에 무해하게 산다는 것'은 아무래도 불가능한 꿈인 것 같다.

하지만 끝내 완벽할 수 없음에 실망해서 미리 포기하기에는, 두 번째 지구는 없다. 또한 완벽하지 않다고 해서 목소리를 낼 수 없는 것도 아니다. 단 한 가지, 남보다 내가 고작 몇 가지 노력을 더 했다는 이유로 그사이에 선을 확 긋고 '환경을 지키는 나', '환경을 파괴하는 타인들'로 구분하려는 마음만 경계한다면.

그런데도 가끔은 지구에 무심한 누군가를 보고 덜컥 미워지려는 순간이 있다. 그럴 때 지구의 입장을 상상해본다. 이 거대한 지구에게 마음이 있다면 나는 지구에게 어떤 존재일까? 태어나서 지금까지 지구를 못살게 군 정도를 길이로 변환해서 비교한다면 나와 다른 인간의 차이는 1마이크로미터쯤은 될 수 있으려나? 음, 그마저도 안 될 것 같다. 웃긴다. 누가 누구를 탓하고 있었던 걸까? 우리 모두 지구를 괴롭히는 고만고만한 지구인일 뿐이거늘….

타인을 힐난하고픈 마음을 경계해야 할 이유는 또 있다. 역사상 그런 생각을 가졌던 사람들은 결국 제 생각을 강요하려고 전쟁을 일으켰다. 그 전쟁의 끝은 황량한 폐허와 서로 더 미워하는 마음뿐이고 말이다.

반면 미움과 폭력 없이 자기 자신을 수련하고 정진하는 데 매진한 사람들은 시간이 오래 걸리더라도 결국 많은 사람에게 향기로운 영감을 주었다. 동화 속 거세고 심술궂던 바람은 끝내 나그네의 외투를 벗기지 못했다는 것을 우리는 기억해야 한다.

자신의 편리함을 뒤로 미루고 제로웨이스트나 채식을 시작하는 건 분명 큰 결심이지만 그 자체로 지구에 무해한 삶에 도착하는 것은 아니다. 오히려 긴 여행의 첫 발자국을 뗀 것과 같다.

지구를 더 위하고 나도 같이 행복할 수 있는 지점을 찾아가는 그 길 위에 나는 지금 서 있다. 그 길을 걸으며 내가 여태 몰랐던 것이 이렇게 많았다는 것을, 그리고 내가 그것도 모른 채 무심히 살고 있었다는 것을 발견할 때마다 깜짝 놀랐다가 곧 부끄러워진다. '최선을 다해' 겸손해야 하는 이유다.

그레타 이모의 사랑법

우리는 현재 젠체하는 어른이지만 과거에는 모두 어린 아이였다. 늙지 않는 약이 개발되어 죽지 않고 영원히 살게 된다는 상상을 어릴 적 한 번쯤 해보지 않은 이가 있을까? 하지만 지금의 어린이들은 꿈꾸는 것에도 유효기간이 생겼다.

사회 시간에 고령사회를 주제로 공부하면서 과거와 비교해 평균 수명이 많이 늘어났다는 것을 배운 날, 아이들이 쉬는 시간에 모여 하는 이야기를 우연히 듣게 되었다.

"야, 이렇게 계속 인간 수명이 늘어나면 우리 300살까지 사는 거 아니야?"

"그런데 지구 온난화 때문에 그 전에 죽게 될걸?"

"어! 맞다. 그러겠네."

그렇게 화제는 전환되었고 아이들은 명랑하게 떠들다가 쉬는 시간이 종료되자 자리로 돌아갔다. 그러나 나는 그 짧은 대화를 듣고 받은 충격에서 오랫동안 벗어나지 못했다.

° 더 이상 미래가 보장되지 않는 지구인들

바야흐로 '기후 위기'의 시대다. 기후란 얼핏 듣기엔 단순히 덥고 추운 날씨 문제처럼 보이지만 지구상 모든 것과 연결되어 있다 해도 과언이 아니다.

기후 위기가 가져올 문제점에 대해서 예측한 글을 읽어본 적이 있다. 해수면 상승으로 인한 저지대 침수와 대규모 난민 발생, 멸종 위기 동식물의 증가, 전염병 증가, 예측 불가능한 자연재해로 인한 재산과 인명의 손실도 심각한 문제지만 나를 가장 무섭게 만든 대목은 기후 위기가 '식량과 물'을 위협할 수도 있다는 점이었다.

2020년 여름에는 역대급으로 비가 많이 내렸다. 도시에 사는 사람들은 우산을 쓰고 습한 날씨나 불평하며 지나간

여름이었지만 그 사이 농촌에서는 난리가 났다. 그리고 정확히 3개월 뒤, 도시에 사는 사람들도 난리가 났다. 김장철인데 배추가 금배추, 파가 금파가 돼버린 것이다.

이 정도는 기후 위기가 초래할 식량난의 예고편에 불과했기에 '김치찌개가 없다면 된장찌개를 먹으면 되잖아?' 같은 마리 앙투아네트식 해법으로 넘길 수 있었지만, 예고가 끝나고 본편이 시작되면 그런 논리는 더 이상 통하지 않을 것이다.

예측할 수 없는 가뭄과 홍수, 전염병이 늘어날 미래에는 국가마다 국민의 생존을 위한 식량과 물을 지켜야 하는 과제가 생길 것이라고 한다. 뉴스에서 가끔 이야기되는 '식량 안보(Food Security)', '물 안보(Water Security)'가 그것이다. '먹을 것'과 '안보'라는 이질적인 단어가 자아내는 느낌이 섬뜩하다.

> "당신들은 자녀를 가장 사랑한다고 말하지만, 기후 변화에 적극적으로 대처하지 않는 모습으로 자녀들의 미래를 훔치고 있다."

스웨덴에서 태어난 2003년생 소녀 그레타 툰베리의 일

갈이다. 그녀가 지적한 모순은 지구 반 바퀴를 돌아 대한민국에 비추어 봐도 유효하다. 우리나라 부모님들의 자녀 사랑은 세계 어느 나라에 견주어 봐도 빠지지 않는다. 그런 부모님들이 어쩌다가 자신도 모르는 사이에 사랑하는 자녀의 미래를 훔치고 있는 걸까?

° 그 사람의 신발을 신고 1마일을 걸어보기 전까지는

삼십 대 중반이 되자 나를 제외한 친구들은 거의 다 아이를 키우는 부모가 되었다. 육아에 지친 그들은 환경오염까지 신경 쓸 여력이 남아 있지 않은 듯했다. 결제하면 총알같이 문 앞에 대령하는 무슨 배송이라던가 한 번 쓰고 버리는 위생적인 일회용품들이 고단함을 위로하는 조력자란다. 그럴 때마다 그레타 툰베리의 호소가 떠올라 걱정이 되어 제로웨이스트를, 비건을 말해봤지만, 그저 배시시, 해탈한 미소만 돌아올 뿐이었다.

그랬던 내가 오만했음을 깨달은 것은 언젠가 한 친구가 아기를 데리고 우리 집에 놀러 왔을 때였다. 태어난 지 고작 15개월밖에 안 된 친구의 딸은 젖내가 피어오를 것 같은 뽀얀 살결에 맑은 눈동자를 가진 예쁜 아기였다. 아직 걷지는 못하지만 엉금엉금으로 쾌속 질주하는 건강함과 놀던 장난감을 상자에 넣고 상자를 딸깍 소리가 나게 닫을 줄 아는 야무짐을 두루 갖춘 그녀에게 나는 금세 혼이 쏙 빠져버렸다.

하지만 아기가 눈부시게 웃는 것은 안전한 엄마의 품 속에 있을 때뿐이었다. 친구를 돕고자 내가 대신 돌보려는 기색만 보여도 아기는 홱 뿌리치고 등을 돌려 엄마를 찾아 기어갔다. 밥을 먹을 때도 엄마와 아기 사이에 내가 끼어들 틈은 없었다. 젊은 엄마는 식사 내내 아기와 눈을 맞추고 모든 작은 행동에 의미를 두어 반응해줬다. 비록 본인의 식사는 하는 둥 마는 둥 할지라도….

아직 끝나지 않았다. 엄마가 화장실에 가서 잠시 문을 닫자 조금 전까지만 해도 방실거리던 아기의 표정이 어두워졌다. 힘차게 기어서 화장실 문 앞까지 갔지만 엄마는 나오지 않는다. 그걸 그저 바라볼 수밖에 없는 내 마음도 일 초 일 초가 갈 때마다 긴장으로 조여들었다.

어두운 먹구름이 몰려들고 불길한 바이올린 솔로 같은 가냘픈 신음이 이어지다가 급기야, 급기야 비가 쏟아지듯 오열이 시작됐다! 아이의 얼굴에서 눈물 방울이 후두둑 떨어지며 힘주어 찡그린 작은 눈썹도 빨갛게 달아올랐다. 이 모든 일이 일어나는 데는 채 1분이 걸리지 않았다.

북미 원주민 속담 중에 이런 것이 있다고 한다.

> 그 사람의 신발을 신고 1마일을 걸어보기 전까지는
> 그 사람을 판단하지 말라.

"육아 하느라 바빠서 도저히 장 보러 갈 시간이 없어. 오늘도 △△ 배송시켰어."

"고기를 안 주면 애가 밥을 잘 안 먹어서…."

"작게 하나씩 포장된 게 아기 먹이기 편해서…."

"아기가 더우면 잠을 못 자거든. 에어컨을 계속 틀어 놔야 해."

육아의 최전선에서 분투하는 친구들이 하던 말이 떠올랐다. 그리고 그전과는 다른 느낌으로 다가왔다. 그럴 수밖에 없었겠구나, 어쩔 수 없었을 수도 있겠구나.

그날 내가 본 장면은 짧디 짧았고, 24시간 자녀들을 키우고 교육하는 부모님의 고단함은 어느 정도일지 감히 상상도 안 된다. 하지만 아무리 부모님들의 고단함이 크다 해도 매년 발톱을 조여오는 기후 위기가, 이 모든 환경오염이 없던 일이 되진 않는다.

'편리함'을 티슈처럼 무한대로 뽑아 쓰고 버릴 수 있는 지금의 세상이 얼핏 당연해 보이는 와중에 어떤 이들은 이것을 첨단 문명의 달콤한 과실이라고 자축하기도 한다. 그래도 동서고금 변하지 않는 진리는 '세상에 절대 공짜는 없다'는 것.

현대 사회의 기업들은 셀 수 없이 많은 물건을 만들어내고, 셀 수 없이 많은 가축을 사육해서 고기를 얻지만 그것이 초래하는 외부효과 비용은 쏙 뺀 '반의 반쪽짜리' 가격표만 소비자들에게 내보이며 현혹한다. 그 가짜 가격표에 속아서 흥청망청 풍요로운 축제를 벌이다가 외부효과가 임계점을 넘으면, 그 순간 지구는 인류에게 그동안 편리를 마구 뽑아 쓴 대가를 지불하라는 청구서를 발송할 것이다.

하지만 그 청구서는 온 인류에게 똑같이 도착하지 않는다. 지구에서 머물 날이 더 긴 어린이와 아기들에게 더 무서운 청구서가 도착할 것은 자명하다. 어른들이 무분별하게 퍼서 쓴 편리의 값까지 더한, 길고 긴 청구서 말이다.

° 그래서 '이모'의 사랑이 필요하다.

자녀의 현재를 책임지고 있는 부모님들은 바쁘고 고단

하고 지쳤다. 하지만 그 옆에는 '이모'가 있다.

과거의 좋은 이모의 역할이 이런저런 선물을 선사하는 산타클로스였다면 기후 위기 시대의 좋은 이모의 역할은 조카들이 잘살아가야 할 미래의 지구를 생각하며 물 한 방울, 전기 한 톨, 비닐 한 장, 옷 한 벌, 고기 한 점도 허투루 소비하지 않는 것이다. 한 명의 이모로는 확실히 역부족이다. 허나 전세계에는 셀 수 없이 많은 이모, 삼촌, 할머니, 할아버지들이 있지 않은가? 모두가 진정 조카와 손주를 사랑한다면 육아의 최전선에서 분투하는 부모들의 몫까지 대신해서 각자의 모든 능력과 방법을 동원해 지구를 아껴야 한다. 그것이 사랑한다는 말 한마디나 곱게 포장된 백화점 표 선물 따위보다 훨씬 강력한 사랑 표현이다.

나에게는 아직 혈연으로 연결된 조카가 없다. 하지만 친구들의 어린 자녀들에게 나는 '이모'라 불리곤 한다. 그들도 다 내 조카다. 그뿐인가? 초등학교 교사로 일하면서 수많은 어린이가 나를 거쳐 갔다. 그리고 앞으로도 수많은 어린이가 나를 찾아오게 될 것이다. 그들 역시 나와 마음으로 연결된 조카들이다.

생각을 좀 더 확장해보면 내가 채 만나지 못한 어린이들일지라도 내 조카들의 미래 친구나 동료, 배우자가 될 존재들이기에 다 사랑스러운 마음이 솟는다. 그런데 그런 어린이들이 자신을 사랑한다고 말하는 어른들로부터 미래를 도둑맞고, 꿈에 유효기간까지 생기게 된 것이다. 나 역시 한 명의 어른으로서 모든 그레타 툰베리들에게 무거운 책임감을 느낀다.

> "우리는 정원을 물려받았으면서 아이들에게는 사막을 남겨줘서는 안 된다."
>
> -프란치스코 교황

제로웨이스트와 비건을 실천하며 뿌듯하고 보람찬 점을 이야기하라면 많이 이야기할 수 있을 것 같다. 하지만 쉽고 편하다는 말은 목구멍에 턱 걸려 차마 나오질 않는다. 거대한 세상의 기본값은 이미 플라스틱을 쓰는 것과 고기를 먹는 것으로 설정되어 있으니. 솔직히 말하면, 그 기본값에 맞서 매일 우회로를 찾는 일을 반복하는 것은 가끔 굉장히 피곤하다. 누가 시킨 것도 아니고, 감시하는 것도 아니고, 보상을 주는 것도 아니다. '왜 그렇게까지 해?'라는 자문이 절로 나오는 대목이다.

그래도 씩씩하게 마음을 다잡는 이유가 몇 가지 있는

데, 그중 하나가 '이모의 사랑'이다. 생각만으로도 뭉클해지는 여름의 바다 수영이, 가을의 파란 하늘이, 오월의 신록이, 십이월의 첫눈 같은 것들이 앞으로도 오래도록 사라지지 않기를 바란다. 사랑하는 조카들에게 내가 주고 싶은 선물은 바로 그런 것들이다. 정작 내 조카들은 곱게 포장된 선물을 안기는 데 인색한 이모를 좋아하지 않을지도 모르겠지만, 아무튼 나는 오늘도 나만의 사랑법으로 나의 조카 그레타들, 그리고 우리의 지구에게 소리 없이 사랑을 보낸다.

새우젓 하나로 울산바위를 치고 있습니다만

《삼국지연의》에서 원소는 대군을 일으켜 조조를 공격하기 전 휘하의 진림에게 조조의 악행을 낱낱이 밝히는 격문을 쓰라고 명했다. 그 명을 받은 진림은 바로 붓을 들어 한 편의 격문을 거침없이 써내려갔고 그 글은 머지않아 조조에게 전달됐다. 그때 조조는 두통으로 침상에 누워 있었는데 격문을 읽자 모골이 송연해지고 전신에 식은땀이 흘러 두통도 잊은 채 침상에서 벌떡 일어났다고 한다.

신라 사람 최치원은 12세 때 당나라로 유학을 떠나 18세에 과거에 급제했다. 당나라 희종 2년에 황소가 모반하여 난을 일으키자 항복을 권유하기 위해 날카로운 격문을 써서 보냈다. 그 격문을 받아 읽던 황소가 너무 놀라 자기도 모르게 침상에서 내려와 앉았다는 일화가 전해진다.

조조와 황소가 그러했듯 나도 얼마 전 문장을 읽다가 뼈를 두드려 맞는 경험을 했다.

> "채식, 플라스틱 안 쓰기, 에어컨 안 틀기, 빨대 안 쓰기, 장바구니, 텀블러 쓰기 이러한 '착한' 환경 실천의 목록에는 끝이 없다. 문제는 이것과 기후 위기의 본질과는 상관이 없다는 것이다. 기후 위기의 본질은 단순하다. 인간은 너무 많고 이산화탄소를 너무 많이 배출하기 때문이다. 정말로 중요한 대부분 탄소는 우리가 쓰는 전기 즉 냉난방, 운송과정, 산업생산에서 나온다. 무려 73.2%다."

그 적확한 지적에 모골이 송연해지고 식은땀이 흘러나와 스마트폰 화면을 넘기던 엄지손가락이 미끄러질 뻔했다.

크고 둥근 이 지구별에 사는 사람은 셀 수 없이 매우 많고, 나는 가끔 거대한 새우젓 병에 담긴 새우 하나가 된 기분을 느낀다. 작은 새우 한 마리 같은 내가 제로웨이스트와 비건은 물론이요, 전기도 쓰지 않고 물건도 사지 않고 스마트폰도 인터넷도 이용하지 않으며 급기야 깊은 산 어드메에서 나물 캐는 백이와 숙제로 살아간다고 해도 기후 위기는 해결되지 않을 것이다.

개인의 일상 속 노력으로 지구를 구할 수 있다는 말은 사실 공허하다. 아무리 애써 봐야 계란으로 바위 치기, 아니 '새우젓 하나로 울산바위를 치는 느낌'이다.

이쯤 되면 가슴에 작게 부풀어 올랐던 희망이 구멍 난 풍선처럼 쪼그라들면서 어느덧 염세주의자가 되어 버린다.

지구 따위 내가 알 게 뭐야!

히어로 영화에 등장하는 빌런도 원래는 착했다가 대충 이런 류의 대사와 함께 순식간에 흑화(黑化)되곤 하더라. 그러고 보니 어벤저스 속 타노스도 지구를 구한다고 외치며 건틀렛을 튕기던데, 그런 디스토피아가 기후 위기에 함몰되지 않을 유일한 길일까?

° 그럼에도 불구하고 미시적 노력을 하는 이유

오랫동안 제로웨이스트만 하던 내가 비건을 알게 된 날을 기억한다. 우연한 계기로 비건 생활을 하는 분을 실제 만

날 기회가 있었다. 처음에는 그다지 공감하지 못하고 대수롭지 않게 넘어갔는데 이상하게도 그 만남의 기억이 반년 넘게 마음에 남았다. '그 사람은 도대체 왜 맛있는 고기를 안 먹는다는 걸까?'로 시작된 인지적 부조화가 나로 하여금 관련 지식을 찾아보게 했고, 내가 먹던 고기와 생선의 값싼 가격표가 공장식 축산 속 고기로 태어난 동물의 고통, 연례 행사처럼 반복되는 가축 역병과 비인도적 살처분, 바다에서 생명의 씨를 말리고 그 자리에 플라스틱 폐기물을 던져넣는 어업, 그리고 이 모든 과정에서 발생하는 거대한 탄소 배출을 철저히 가린 '가짜 가격표'였다는 걸 알게 되는데 이르렀다.

인간은 본능적으로 '내가 할 수 있는 건 아무것도 없어.'보다 '나도 뭔가 바꿀 수 있어!'라는 서사를 선호한다. 그리고 마음에 절망 대신 희망을 품을 때 누구도 예측하지 못한 잠재력을 발휘해온 것이 인류라는 종(種)이다.

그러니 원효대사께서도 '나무아미타불만 외우면 누구나 극락에 갈 수 있다.'고 설파하신 것 아닐까. 원효대사님은 '나쁜 짓을 다 해도 나무아미타불만 외우면 면죄부를 얻을 수 있어.'가 아니라, 염불을 외는 작은 실천에서 비롯된 자아효능감이 개인의 마음 속에 내재되어 있던 잠재력을 깨우고 더 큰 변화를 가져오는 계기가 된다는 걸 알고 계신 분이었을 거다.

환경 문제도 마찬가지다. 빨대 거절하기, 장바구니 들고 다니기 같은 작은 실천에서만 머물고 만족해 버린다면, 미안하지만 결과론적으로 아무것도 하지 않은 것과 다를 바 없다. 하지만 그 작은 행동이 더 큰 펌프질을 가져오는 마중물이 되기도 한다. 나도 5년 전 '쓰레기를 만들지 않을 수가 있구나. 나도 비닐 안 써볼까?'로 가벼운 마음으로 시작했던 실천이었다. 얄팍한 비닐 한 장으로 시작해서 환경오염에 눈을 떴고, 기후위기를 공부하다가 알게 된 가축의 아픔이 안타까워 식탁에 동물은 올리지 않기로 했다. 아보카도나 커피, 병아리콩 같이 외국에서 수입된 농산물을 보면 푸드 마일리지부터 가늠해 보게 되었고 그토록 좋아했던 비행기도, 옷도 전처럼 무심히 소비하지 않게 됐다.

급기야 문득 '나 하나만 이래봤자 무슨 소용이야, 다른 사람들에게 널리 널리 알려야지.'라는 생각에 이르러 이렇게 책을 쓰고 목소리를 돋워 외치기에 이르렀다.

이 모든 것이 다 첫 실천에서 비롯한 일이다.

2022년 6월부터 재시행될 예정이었던 '일회용 컵 보증금 제도'가 6개월 유예되었다. 제로웨이스트를 하는 사람으로서 그 기사를 보고 너무 아쉬웠지만, 충분한 국민적 공감대가 덜 형성된 상태에서 감히 정부가 대다수의 편리를 거스르는 환경 정책을 펼칠 수 있겠나 싶기도 해서 씁쓸했다.

개인이 일상 속에서 환경을 위한 미시적 노력을 하는 것은 바로 그 공감대 형성에 의의가 있다. 법정 스님께서 무소유의 생활을 하셨다고 만민이 스님이 됐다는 기적은 없었지만 그래도 그분의 삶에 감화받은 사람들이 조금 더 선한 길을 걷고자 했다는 것이 중요하다. 제로웨이스트나 비건 같은 극단적인 길 역시 그걸 하는 개인이 미미한 오염을 줄여서 지구를 구한다거나 모든 인류를 욕망 없는 수행자로 만들 수 있다고 말하지 않는다. 대신 더 많은 사람에게 충격과 의문, 작은 감동을 선사하는 일종의 '행위 예술'로서의 의미는 충분하다.

열 명의 엄격한 제로웨이스터, 비건이 있는 것보다 백 명의 느슨한 제로웨이스터 지향, 비건 지향이 새로 생기는 것이 지구 환경에는 더 낫다. 열 명이 비행기를 전혀 안 타는 것보다 백 명이 비행기 이용을 절반으로 줄이는 것이 지구 환경에는 더 낫다. 그리고 만약 그 백 명이 서서히 잠재력을 발휘하고 동시에 주변에도 영향을 준다면 그 연쇄작용으로 작지만 확실한 어떤 것이 시작될 것이다. 기억해야 한다. 해변을 덮치고 바위를 휩쓰는 거대한 파도도 처음엔 먼 바다 위 보일락 말락한 일렁임부터였다는 것을.

그래서 비록 새우젓 하나가 된 심정일지라도 매일 울산바위를 친다. 일상에서 부지런히 노력하고 그것을 글로 써서 알린다. 이 전파를 수신한 혹자는 공감하여 손을 잡고 연결될 것이며 혹자는 '저런 작은 실천으로는 부족할 텐데? 나라면 정부를 촉구하겠어.'라고 생각하고 한 차원 더 높은 활동을 시작하게 될 수도 있겠다.

작은 새우들의 파닥임으로 잔잔하던 수면에 작은 동그라미 파문이 생긴다. 그렇게 일렁임은 이미 시작되었다.

에필로그

진실한 문장

책 《좋은지 나쁜지 누가 아는가》에서 류시화 시인은 '진실한 문장 하나를 쓰면 거기서부터 시작해 계속 써 나갈 수 있다.'고 적었다. 지난 겨울, 제주 동쪽 어느 게스트하우스에서 만난 책 속 한 문장에서 나는 왠지 오랫동안 눈을 뗄 수 없었다.

그로부터 며칠 후 가늘게 눈발이 날리던 날, 작은 북카페를 찾았다. 창밖으로는 오름이 낮게 어른거렸고 공간은 안락했다. 한 손으로 책장을 넘기며 다른 손으로 찻잔을 들어 차 한 모금을 마셨을 때, 그 뜨거운 차 한 줄기가 목을 타고 얼얼하게 내려가던 순간이었다.

그건 '툭'이었을까, '불쑥'이었을까? 예고도 없이 진실한 문장이 내 배 속 깊은 곳에서 튀어나왔다.

'나는 비건으로부터 도망치려고 했다'

맙소사, 이게 뭐람.

불현듯 나타나더니 아예 내 앞에 버티고 서 있는 그 문장을 한동안 지그시 노려보았다. 하지만 이내 표정을 풀고 고개를 끄덕일 수밖에 없었던 건, 시인의 말이 맞았기 때문이다. '그래, 여기부터라면 계속 써 나갈 수 있겠어.' 뜨거운 차 한 모금과 진실한 문장 사이를 연결하는 이야기는 바로 이렇게 시작됐다.

* * *

기존에 해왔던 제로웨이스트에 비건 지향을 더한 지 일 년이 됐을 무렵이었다. 그동안 삼시 세끼를 비건에 가까운 집밥으로 먹고(점심은 도시락을 싸서 출근했다), 다른 사람들과 외식할 땐 해산물을 가끔 먹는 정도였는데 언제부터인가 지쳤다.

'이건 선물받은 거니까.' 우유로 만든 생크림 케이크에

포크를 찔러 넣으면서, '지금 너무 당이 떨어졌으니까.' 계란이 포함됐다고 작게 적힌 과자를 입에 넣으면서, '오늘은 특별한 날이니까.' 동료들과 마주 앉아 피자 한 조각을 집어 들면서 나는 열심히 합리화했다. 급기야 겨울을 맞아 혼자 제주도에 갈 계획을 세우며 '그동안 못 먹은 거 먹으면서 좀 자유롭게 지내 봐야지.'라는 마음을 먹기에 이르렀다.

어느 아침, 숙소에서 차려준 조식에는 달걀프라이가 올라 있었다. 매끈하게 빛나는 반숙 노른자를 젓가락으로 톡 터뜨리자 부드럽게 흘러내린다. 두유나 오트밀크(귀리유)로 대체 가능했던 우유에 비해서, 달걀의 대체품은 구하기 어려워서• 이런 건 그냥 안 먹고 지낸 지 벌써 일 년. 설레는 마음으로 한 조각 입에 넣었다.

'…음?' 그건 그냥 '달걀 맛'이었다. 내가 예전에 알고 있던 특유의 맛과 여전히 조금 비릿한 향. 작은 실망감에 젖어 있는데 문득 달걀프라이 크기가 퍽 작다는 걸 발견했다. 어쩌면 어린 닭이 A4 용지 한 장 크기의 케이지에 갇혀 낳은 알일지도 모른다는 생각이 들다니, 그야말로 아는 것이 병(病).

• 2022년 4월부터는 '저스트 에그'라는 달걀 대체 식품이 한국에서도 판매되고 있다.

점심엔 숙소 가까이 있던 작은 식당에 갔다. 비건 메뉴도 있었으나 외면하고 모짜렐라 치즈를 얹어 뜨겁게 구워낸 카레를 선택했다. 오븐에서 갓 나온 치즈의 지글거리는 표면을 포크로 들어 올리자 가늘고 긴 실처럼 늘어난다.

'이렇게 먹는 게 얼마 만이냐!' 신명 나게 한 그릇을 비웠다. 그런데 마지막 숟갈을 놓자 슬슬 올라오는 기름지고 불편한 기분. 내 몸이 기다렸다는 듯 나직이 말을 건넸다. '너, 좀 걸어야겠다.'

그다음 날 장면이 바로 서두에 나왔던 작은 북카페다. 메뉴판을 살펴보던 내 시선이 한곳에서 멈췄다. 연유를 듬뿍 넣은 베트남식 커피라니, 보기만 해도 달콤했다. 이윽고 나온 음료를 한 모금 삼키니 누진하게 엉겨 붙는 단맛에 혀가 즉각적으로 환호한다. 그렇게 달달한 시간이 되리라 분명 믿었는데. 믿었었는데….

처음 몇 입은 맛있게 마셨지만, 아깝게도 끝까지 비우진 못했다. 고작 반 정도 마셨을 때 내 몸이 반응했기 때문이다. '이건 영 편안하지 않아.' 왠지 마음도 더이상 즐겁지 않았다.

"레몬그라스 차 주세요." 결국 남은 커피를 반납하고 새로운 주문을 했다. 잠시 후 나온 뜨거운 찻잔을 한 손으로 들어 조심스레 첫 모금을 마셨다. 가늘고 뜨거운 한 줄기가 목줄을 타고 얼얼하게 내려간다. 상큼하고 이국적인 그 향만으로 충분해져서 나도 모르게 긴 한숨을 뱉었다.

두 번째 모금을 마시자, 마치 속이 풀리는 신호탄처럼 위 속에서 작고 경쾌한 '끄륵' 소리가 났다. 점차 몸이 따뜻해졌다. 마음에도 다시 찰랑찰랑 온기가 차오르고 있었다.

* * *

솔직히 말하면, 그때 나는 비건으로부터 도망쳐 편해지고 싶었다. 그러나 뜨끈하고 향기로운 차 한 모금이 선명하게 일깨워줬다. 제로웨이스트만 오래 하던 내가 '왜' 비건도 지향하기로 한 건지.

이미 알아버린 사실들을 불편하다고 다시 모르는 상태로 되돌릴 수 없기에, 제주에서의 짧은 자유가 오히려 내겐 역설적으로 불편했던 것이다.

"비건이 되려는 거랑 환경오염이랑 무슨 상관이야?"

최근에 어떤 분이 이런 질문을 하셨다. 사실 그동안 몇 번이나 비슷한 질문을 받아보았다.

흥미로운 점은 내가 제로웨이스트를 할 땐 그 누구도 쓰레기와 환경오염이 무슨 상관이냐고 묻지 않았다는 것이다. 길게 설명하지 않아도 문제를 공감한다며 다들 격려를 아끼지 않았다.

하지만 고기는 달랐다. 환경오염과의 연결이 직관적으로 보이지 않기에 누군가는 정말 궁금하다는 눈빛으로, 때로는 무언가를 굳세게 옹호하는 변호사의 얼굴을 하고 질문을 던진다.

"현재 우리가 먹는 동물성 식품의 99퍼센트는 공장식 대량 축산업으로부터…." 질문에 대한 답을 시작할 몇 개의 단어가 목까지 바짝 올라왔지만 입술만 몇 번 달싹이다 관둔 건, 내가 유쾌하지 않거나 무겁거나 잔인한 이야기를 하는 데 도통 소질이 없기 때문이다.

같은 이유로 나는 이 책에서 제로웨이스트, 비건을 다루면서도 '왜'에 관한 이야기보다 '어떻게'에 관한 말랑한 이야기에 집중했다. 제로웨이스트의 이유야 다들 척하면 척 공감한다 해도, 비건의 이유는 책 속 설명으로 부족하다고 느낀 분이 있을 것 같다. 그런 독자들께는 공장식 대량 축산업이 야기하는 지구 환경적 문제를 다룬 《육식의 종말》

과, 동물을 '맛있어지게' 사육하고 도축하는 과정에서의 윤리적인 문제를 다룬 《사랑할까, 먹을까》 같은 훌륭한 책들을 살포시 추천해 본다.

° 댕댕! 경로를 이탈하셨습니다

제주에서 뚜벅이로 지내다가 남편이 함께한 며칠은 작은 차를 빌려 운전을 했다. 서툰 운전자로서 내비게이션에게 가장 고마웠던 건 아무리 경로를 이탈하더라도 곧 새 길을 열어준다는 점이었다.

앞서 고백한 해프닝에서 들통났듯이, 나는 가끔은 타협하고 가끔은 비겁해진다. 아무리 비건, 제로웨이스트 길로 진입했어도 '이번 한 번만', '이건 선물받은 거니까', '오늘은 특별한 날이니까'라고 변명하며 한눈팔다가 어느새 경로 이탈 경고음이 댕댕 울려 퍼지기 일쑤다.

그뿐 아니다. 갈림길은 어찌 그리 자주 나타나는지, 매번 올바른 길을 택한다는 자신도 없다. 가령, 플라스틱을 피하려 유기농 채소를 외면하는 게 맞는가? 외국산 콩으로 만든 900mL짜리 두유를 사서 쓰레기를 줄일 것인가, 국산 콩으로 만든 150mL짜리(+빨대) 두유 여러 개를 사서 푸드마

일리지를 줄일 것인가? 숲을 밀어 만든 플랜테이션 농장에서 온 수입 바나나를 먹는 것은 국산 동물복지 1번(1등급 아니고 1번!) 달걀을 먹는 것보다 과연 나은가? 회식 장소에 도착해 보니 이미 내 몫까지 동물성 음식이 다 차려진 상태인데 어떻게 할 것인가? 곤충으로 만든 대체육이 콩고기보다 더 탄소배출이 적다면 먹을 것인가? 난 여행을 좋아하는데 어디를 어떤 방법으로 갈 것인가? 내게 깊은 고뇌를 선사하는 갈림길은 지금까지 많았고 앞으로도 많을 것 같다.

완벽한 길을 찾을 수 없음을 핑계 삼아 멈추고 자책하는 것은 편할 뿐 무익하다. 잠시 밟았던 브레이크에서 발을 떼고 핸들을 다시 움켜잡는 이유다. 쪼쪼할 때도 있고 느슨할 때도 있고, 맞을 때도 있고 틀릴 때도 있지만 어쨌든 전방을 주시하며 계속 가는 게 더 나으니까. 지구를 사랑하는 마음만 잊지 않고 목적지로 설정해 둔다면 아무리 삐뚤빼뚤한 선을 그으며 간다고 해도, 가끔은 경로를 이탈한다고 해도, 심지어 잠시 반대 방향으로 가게 되더라도 다시 새로운 길이 나타나 나를 인도해 줄 것이다.

◦ 모두가 다른 길을 가더라도 그 방향이 같으면 일어나는 일

그리고 여기, 나와 함께 가는 사람들이 있다. 하지만 각자의 길은 좀 다르다.

여전히 고기를 매우 좋아하지만, 배달 대신 다회용기를 챙겨 나가 직접 치킨을 사 오는 멋진 내 남편이 있고, 남편이 통을 내밀 때마다 말없이 응원하듯 생맥주 한 잔을 특별 서비스로 내주시는 동네 치킨집 사장님이 있다. 구운 고기와 곱창을 좋아했지만 먹는 횟수를 줄이고 있다는 이 책의 편집자님이 있고, 여러 번 깜빡했는데 오늘은 잊지 않고 장바구니를 챙겨 왔다며 배시시 웃던 옆 반 선생님도 있다. 작고 뽀얀 손으로 병뚜껑과 종이팩을 모아오던 초등학생들이 있고, 교원능력개발평가에 '학교에서 제로웨이스트 교육을 해 줘서 가정에서도 쓰레기에 더 신경 쓰게 됐다.'라고 적어주신 학부모님도 있다. 딸이 오는 날에는 잡채에 돼지고기 대신 어묵을 넣어 볶고, 며느리 앞에 들기름으로 구운 두부를 준비해서 놓아주시던 양가 부모님의 섬세함도 놓칠 수 없다.

성격, 취향, 관심사, 상황, 건강 상태까지 모두 다른 사람들이 똑같은 강도로 제로웨이스트, 비건을 할 수 없고 그럴 필요도 없다. 어떤 선생님은 내게 류머티즘으로 손목이 아파 집에서도 가벼운 종이컵밖에 쓸 수 없는 어머니 얘기를 들려줬는데, 그 어머님과 내가 할 수 있는 실천의 방법이 같을 리 없다. 각자 자신이 할 수 있는 일을 하며 가되, 더 건강하고 더 시간 여유가 있는 사람들이 그렇지 못한 분들의 몫까지 좀 더 등에 얹어서 걸어도 좋겠다.

이렇게 우린 저마다의 지구 사랑법으로 행동하고 서로를 보완하면서 같은 방향으로 나아갈 수 있다. 혹시 모르지? 평범한 이들의 별일 아닌 실천과 사소한 변화들이 음표가 되어 모두 한 방향으로 모인다면 지금의 위기를 치유할 기적 같은 멜로디로 울려 퍼질지도….

글을 쓰다가 막힐 때 나는 작고 말간 얼굴들을 떠올렸다. 학교 복도에서 나를 볼 때마다 "영어 선생님이다~!", "Hello, Ms. Lee!" 우렁차게 외치며 뛰어오는 저 어린이들이 지구에서 안온하게 늙어갈 수 있길 바란다. 그 소망으로부터 많은 힘을 얻었다.

마지막으로, 이 책이 독자를 만날 수 있도록 오랫동안 함께 애써주신 클랩북스 여러분에게 깊은 감사를 드린다.

이 책에서 이야기된 다른 책들

비 존슨 저, ≪나는 쓰레기 없이 산다≫, 청림Life, 2014
고금숙 저, ≪망원동 에코 하우스≫, 이후, 2015
이나가키 에미코 저, ≪그리고 생활은 계속된다≫, 엘리, 2018
생텍쥐페리 저, ≪어린왕자≫, 열린책들, 2015
황윤 저, ≪사랑할까, 먹을까≫, 휴, 2018
전현수 저, ≪생각 사용 설명서≫, 불광출판사, 2012
와타나베 이타루, 와타나베 마리코 저, ≪시골빵집에서 자본론을 굽다≫, 더숲, 2014
이지수 저, ≪아무튼, 하루키≫, 제철소, 2020
류시화 저, ≪좋은지 나쁜지 누가 아는가≫, 더숲, 2019
제레미 리프킨 저, ≪육식의 종말≫, 시공사, 2002

별일 아닌데 뿌듯합니다

초판 1쇄 발행 2022년 8월 1일
초판 2쇄 발행 2023년 12월 20일

지은이 이은재
펴낸이 김선식, 이주화

기획편집 박혜연
콘텐츠 개발팀 김찬양
외주스태프 디자인 날마다작업실, 일러스트 최진영

펴낸곳 (주)클랩북스 **출판등록** 2022년 5월 12일 제2022-000129호
주소 서울시 마포구 어울마당로3길 5, 201호
전화 02-332-5246 **팩스** 0504-255-5246
이메일 clab22@clabbooks.com
인스타그램 instagram.com/clabbooks
페이스북 facebook.com/clabbooks

ISBN 979-11-978891-3-4 (03810)

• 클랩북스는 다산북스의 임프린트입니다.
• 책값은 뒤표지에 있습니다.
• 파본은 구입하신 서점에서 교환해드립니다.

(주)클랩북스는 독자 여러분의 책에 관한 아이디어와 원고 투고를 기다리고 있습니다.
책 출간을 원하시는 분은 이메일 clab22@clabbooks.com으로 간단한 개요와 취지, 연락처 등을 보내주세요.
'지혜가 되는 이야기의 시작, 클랩북스'와 함께 꿈을 이루세요.